F. M. Dostojewski

Arme Leute

Ф. М. Достоевский

Бедные люди

CLASSIC PAGES

Dostojewski, F. M.

Arme Leute

Russischsprachige Ausgabe

Reihe: classic pages

1. Auflage 2010 | ISBN: 978-3-86741-478-4

© Europäischer Hochschulverlag GmbH & Co KG

www.classic-pages.de

Ф. М. ДОСТОЕВСКИЙ

Бедные люди

Роман

Ох уж эти мне сказочники! Нет чтобы написать что-нибудь полезное, приятное, усладительное, а то всю подноготную в земле вырывают!.. Вот уж запретил бы им писать! Ну, на что это похоже: читаешь... невольно задумаешься, — а там всякая дребедень и пойдет в голову; право бы, запретил им писать; так-таки просто вовсе бы запретил.

Кн. В Ф. Одоевский

Апреля 8.

Бесценная моя Варвара Алексеевна!

Вчера я был счастлив, чрезмерно счастлив, донельзя счастлив! Вы хоть раз в жизни, упрямица, меня послушались. Вечером, часов в восемь, просыпаюсь (вы знаете, маточка, что я часочек-другой люблю поспать после должности), свечку достал, приготовляю бумаги, чиню перо, вдруг, невзначай, подымаю глаза, — право, у меня сердце вот так и запрыгало! Так вы-таки поняли, чего мне хотелось, чего сердчишку моему хотелось! Вижу, уголочек занавески у окна вашего загнут и прицеплен к горшку с бальзамином, точнехонько так, как я вам тогда намекал; тут же показалось мне, что и личико ваше мелькнуло у окна, что и вы ко мне из комнатки вашей смотрели, что и вы обо мне думали. И как же мне досадно было, голубчик мой, что миловидного личика-то вашего я не мог разглядеть хорошенько! Было время, когда и мы светло видели, маточка. Не радость старость, родная моя! Вот и теперь всё как-то рябит в глазах; чуть поработаешь вечером, попишешь что-нибудь, наутро и глаза раскраснеются, и слезы текут так, что даже совестно перед чужими бывает. Однако же в воображении моем так и засветлела ваша улыбочка, ангельчик, ваша добренькая, приветливая улыбочка; и на сердце моем было точно такое ощущение, как тогда, как я поцеловал вас, Варенька, — помните ли, ангельчик? Знаете ли, голубчик мой, мне даже показалось, что вы там мне пальчиком погрозили? Так ли, шалунья? Непременно вы это всё опишите подробнее в вашем письме.

Ну, а какова наша придумочка насчет занавески вашей, Варенька? Премило, не правда ли? Сижу ли за работой, ложусь ли спать, просыпаюсь ли, уж знаю, что и вы там обо мне думаете, меня помните, да и сами-то здоровы и веселы. Опустите занавеску — значит, прощайте, Макар Алексеевич, спать пора! Подымете — значит, с добрым утром, Макар Алексеевич, каково-то вы спали, или: каково-то вы в вашем здоровье, Макар Алексеевич? Что же до меня касается, то я, слава творцу, здорова и благополучна! Видите ли, душечка моя, как это ловко придумано; и писем не нужно! Хитро, не правда ли? А ведь придумочка-то моя! А что, каков я на эти дела, Варвара Алексеевна?

Доложу я вам, маточка моя, Варвара Алексеевна, что спал я сию ночь добрым порядком, вопреки ожиданий, чем и весьма доволен; хотя на новых квартирах, с новоселья, и всегда как-то не спится; всё что-то так, да не так! Встал я сегодня таким ясным соколом — любо-весело! Что это какое утро сегодня хорошее, маточка! У нас растворили окошко; солнышко светит, птички чирикают, воздух дышит весенними ароматами, и вся природа оживляется — ну, и остальное там всё было тоже соответственное; всё в порядке, по-весеннему. Я даже и помечтал сегодня довольно приятно, и всё об вас были мечтания мои, Варенька. Сравнил я вас с птичкой небесной, на утеху людям и для украшения природы созданной. Тут же подумал я, Варенька, что и мы, люди, живущие в заботе и треволнении, должны тоже завидовать беззаботному и невинному счастию небесных птиц, — ну, и остальное всё такое же, сему же подобное; то есть я всё такие сравнения отдаленные делаю. У меня там книжка есть одна, Варенька, так в ней то же самое, всё такое же весьма подробно описано. Я к тому пишу, что ведь разные бывают мечтания, маточка. А вот теперь весна, так и мысли всё такие приятные, острые, затейливые, и мечтания приходят нежные; всё в розовом цвете. Я к тому и написал это всё; а впрочем, я это всё взял из книжки. Там сочинитель обнаруживает такое же желание в стишках и пишет —

Зачем я не птица, не хищная птица!

Ну и т. д. Там и еще есть разные мысли, да бог с ними! А вот куда это вы утром ходили сегодня, Варвара Алексеевна? Я еще и в должность не сбирался, а вы, уж подлинно как пташка весенняя, порхнули из комнаты и по двору прошли такая веселенькая. Как мне-то было весело, на вас глядя! Ах, Варенька, Варенька! вы не грустите; слезами горю помочь нельзя; это я знаю, маточка моя, это я на опыте знаю. Теперь же вам так покойно, да и здоровьем вы немного поправились. Ну, что ваша Федора? Ах, какая же она добрая женщина! Вы мне, Варенька, напишите, как вы с нею там живете теперь и всем ли вы довольны? Федора-то немного ворчлива; да вы на это не смотрите, Варенька. Бог с нею! Она такая добрая.

Я уже вам писал о здешней Терезе, — тоже и добрая и верная женщина. А уж как я беспокоился об наших письмах! Как они передаваться-то будут? А вот как тут послал господь на наше счастие Терезу. Она женщина добрая, кроткая, бессловесная. Но наша хозяйка просто безжалостная. Затирает ее в работу, словно ветошку какую-нибудь.

Ну, в какую же я трущобу попал, Варвара Алексеевна! Ну, уж квартира! Прежде ведь я жил таким глухарем, сами знаете: смирно, тихо; у меня, бывало, муха летит, так и муху слышно. А здесь шум, крик, гвалт! Да ведь вы еще и не знаете, как это всё здесь устроено. Вообразите, примерно, длинный коридор, совершенно темный и нечистый. По правую его руку будет глухая стена, а по левую всё двери да двери, точно нумера, всё так в ряд простираются. Ну, вот и нанимают эти нумера, а в них по одной комнатке в каждом; живут в одной и по двое, и по трое. Порядку не спрашивайте — Ноев ковчег! Впрочем, кажется, люди хорошие, всё такие образованные, ученые. Чиновник один есть (он где-то по литературной части), человек начитанный: и о Гомере, и о Брамбеусе, и о разных у них там сочинителях говорит, обо всем говорит, — умный человек! Два офицера живут и всё в карты играют. Мичман живет; англичанин-учитель живет. Постойте, я вас потешу, маточка; опишу их в будущем письме сатирически, то есть как они там сами по себе, со всею подробностью. Хозяйка наша, — очень маленькая и нечистая старушонка, — целый день в туфлях да в шлафроке ходит и целый день всё кричит на Терезу. Я живу в кухне, или гораздо правильнее будет сказать вот как: тут подле кухни есть одна комната (а у нас, нужно вам заметить, кухня чистая, светлая, очень хорошая), комнатка небольшая, уголок такой скромный... то есть, или еще лучше сказать, кухня большая в три окна, так у меня вдоль поперечной стены перегородка, так что и выходит как бы еще комната, нумер сверхштатный; всё просторное, удобное, и окно есть, и всё, — одним словом, всё удобное. Ну, вот это мой уголочек. Ну, так вы и не думайте, маточка, чтобы тут что-нибудь такое иное и таинственный смысл какой был; что вот, дескать, кухня! — то есть я, пожалуй, и в самой этой комнате за перегородкой живу, но это ничего; я себе ото всех особняком, помаленьку живу, втихомолочку живу. Поставил я у себя кровать, стол, комод, стульев парочку, образ повесил. Правда, есть квартиры и лучше, — может быть, есть и гораздо лучшие, — да удобство-то главное; ведь это я всё для удобства, и вы не думайте, что для другого чего-нибудь. Ваше окошко напротив, через двор; и двор-то узенький, вас мимоходом увидишь — всё веселее мне, горемычному, да и дешевле. У нас здесь самая последняя комната, со столом, тридцать пять рублей ассигнациями стоит. Не по карману! А моя квартира стоит мне семь рублей ассигнациями, да стол пять целковых: вот двадцать четыре с полтиною, а прежде ровно тридцать платил, зато во многом себе отказывал; чай пивал не всегда, а теперь вот и на чай и на сахар выгадал. Оно, знаете ли, родная моя, чаю не пить как-то стыдно; здесь всё народ достаточный, так и стыдно. Ради чужих и пьешь его, Варенька, для вида, для тона; а по мне всё равно, я не прихотлив. Положите так, для карманных денег — всё сколько-нибудь требуется — ну, сапожишки какие-нибудь, платьишко — много ль останется? Вот и всё мое жалованье. Я-то не ропщу и доволен. Оно достаточно. Вот уже несколько лет достаточно; награждения тоже бывают. Ну, прощайте, мой ангельчик. Я там купил парочку горшков с бальзаминчиком и гераньку — недорого. А вы, может быть, и резеду любите? Так и резеда есть, вы напишите; да, знаете ли, всё как можно подробнее напишите. Вы, впрочем, не думайте чего-нибудь и не сомневайтесь, маточка, обо мне, что я такую комнату нанял. Нет, это удобство заставило, и одно удобство соблазнило меня. Я ведь, маточка, деньги коплю, откладываю; у меня денежка водится. Вы не смотрите на то, что я такой тихонький, что, кажется, муха меня крылом перешибет. Нет, маточка, я про себя не промах, и характера совершенно такого, как прилично твердой и безмятежной души человеку. Прощайте, мой ангельчик! Расписался я вам чуть не на двух листах, а на службу давно пора. Целую ваши пальчики, маточка, и пребываю вашим нижайшим слугою и вернейшим другом

Макаром Девушкиным.

P. S. Об одном прошу: отвечайте мне, ангельчик мой, как можно подробнее. Я вам при сем посылаю, Варенька, фунтик конфет; так вы их скушайте на здоровье, да, ради бога, обо мне не заботьтесь и не будьте в претензии. Ну, так прощайте же, маточка.

Апреля 8.

Милостивый государь, Макар Алексеевич!

Знаете ли, что придется наконец совсем поссориться с вами? Клянусь вам, добрый Макар Алексеевич, что мне даже тяжело принимать ваши подарки. Я знаю, чего они вам стоят, каких лишений и отказов в необходимейшем себе самому. Сколько раз я вам говорила, что мне не нужно ничего, совершенно ничего; что я не в силах вам воздать и за те благодеяния, которыми вы доселе осыпали меня. И зачем мне эти горшки? Ну, бальзаминчики еще ничего, а геранька зачем? Одно словечко стоит неосторожно сказать, как например об этой герани, уж вы тотчас и купите; ведь, верно, дорого? Что за прелесть на ней цветы! Пунсовые крестиками. Где это вы достали такую хорошенькую гераньку? Я ее посредине окна поставила, на самом видном месте; на полу же поставлю скамейку, а на скамейку еще цветов поставлю; вот только дайте мне самой разбогатеть! Федора не нарадуется; у нас теперь словно рай в комнате, — чисто, светло! Ну, а конфеты зачем? И право, я сейчас же по письму угадала, что у вас что-нибудь да не так — и рай, и весна, и благоухания летают, и птички чирикают. Что это, я думаю, уж нет ли тут и стихов? Ведь, право, одних стихов и недостает в письме вашем, Макар Алексеевич! И ощущения нежные, и мечтания в розовом цвете — всё здесь есть! Про занавеску и не думала; она, верно, сама зацепилась, когда я горшки переставляла; вот вам!

Ах, Макар Алексеевич! Что вы там ни говорите, как ни рассчитывайте свои доходы, чтоб обмануть меня, чтобы показать, что они все сплошь идут на вас одного, но от меня не утаите и не скроете ничего. Ясно, что вы необходимого лишаетесь из-за меня. Что это вам вздумалось, например, такую квартиру нанять? Ведь вас беспокоят, тревожат; вам тесно, неудобно. Вы любите уединение, а тут и чего-чего нет около вас! А вы бы могли гораздо лучше жить, судя по жалованью вашему. Федора говорит, что вы прежде и не в пример лучше теперешнего жили. Неужели ж вы так всю свою жизнь прожили, в одиночестве, в лишениях, без радости, без дружеского приветливого слова, у чужих людей углы нанимая? Ах, добрый друг, как мне жаль вас! Щадите хоть здоровье свое, Макар Алексеевич! Вы говорите, что у вас глаза слабеют, так не пишите при свечах; зачем писать? Ваша ревность к службе и без того, вероятно, известна начальникам вашим.

Еще раз умоляю вас, не тратьте на меня столько денег. Знаю, что вы меня любите, да сами-то вы не богаты... Сегодня я тоже весело встала. Мне было так хорошо; Федора давно уже работала, да и мне работу достала. Я так обрадовалась; сходила только шелку купить, да и принялась за работу. Целое утро мне было так легко на душе, я так была весела! А теперь опять всё черные мысли, грустно; всё сердце изныло.

Ах, что-то будет со мною, какова-то будет моя судьба! Тяжело то, что я в такой неизвестности, что я не имею будущности, что я и предугадывать не могу о том, что со мной станется. Назад и посмотреть страшно. Там всё такое горе, что сердце пополам рвется при одном воспоминании. Век буду я плакаться на злых людей, меня погубивших!

Смеркается. Пора за работу. Я вам о многом хотела бы написать, да некогда, к сроку работа. Нужно спешить. Конечно, письма хорошее дело; всё не так скучно. А зачем вы сами к нам никогда не зайдете? Отчего это,

Макар Алексеевич? Ведь теперь вам близко, да и время иногда у вас выгадывается свободное. Зайдите, пожалуйста! Я видела вашу Терезу. Она, кажется, такая больная; жалко было ее; я ей дала двадцать копеек. Да! чуть было не забыла: непременно напишите всё, как можно подробнее, о вашем житье-бытье. Что за люди такие кругом вас, и ладно ли вы с ними живете? Мне очень хочется всё это знать. Смотрите же, непременно напишите! Сегодня уж я нарочно угол загну. Ложитесь пораньше; вчера я до полуночи у вас огонь видела. Ну, прощайте. Сегодня и тоска, и скучно, и грустно! Знать, уж день такой! Прощайте.

Ваша

Варвара Доброселова.

Апреля 8.

Милостивая государыня, Варвара Алексеевна!

Да, маточка, да, родная моя, знать, уж денек такой на мою долю горемычную выдался! Да; подшутили вы надо мной, стариком. Варвара Алексеевна! Впрочем, сам виноват, кругом виноват! Не пускаться бы на старости лет с клочком волос в амуры да в экивоки... И еще скажу, маточка: чуден иногда человек, очень чуден. И, святые вы мои! о чем заговорит, занесет подчас! А что выходит-то, что следует-то из этого? Да ровно ничего не следует, а выходит такая дрянь, что убереги меня, господи! Я, маточка, я не сержусь, а так досадно только очень вспоминать обо всём, досадно, что я вам написал так фигурно и глупо. И в должность-то я пошёл сегодня таким гоголем-щёголем; сияние такое было на сердце. На душе ни с того ни с сего такой праздник был; весело было! За бумаги принялся рачительно — да что вышло-то потом из этого! Уж потом только как осмотрелся, так всё стало по-прежнему — и серенько и темненько. Всё те же чернильные пятна, всё те же столы и бумаги, да и я всё такой же; так, каким был, совершенно таким же и остался, — так чего же тут было на Пегасе-то ездить? Да из чего это вышло-то всё? Что солнышко проглянуло да небо полазоревело! От этого, что ли? Да и что за ароматы такие, когда на нашем дворе под окнами и чему-чему не случается быть! Знать, это мне всё сдуру так показалось. А ведь случается же иногда заблудиться так человеку в собственных чувствах своих да занести околесную. Это ни от чего иного происходит, как от излишней, глупой горячности сердца. Домой-то я не пришёл, а приплёлся; ни с того ни с сего голова у меня разболелась; уж это, знать, всё одно к одному. (В спину, что ли, надуло мне.) Я весне-то обрадовался, дурак дураком, да в холодной шинели пошёл. И в чувствах-то вы моих ошиблись, родная моя! Излияние-то их совершенно в другую сторону приняли. Отеческая приязнь одушевляла меня, единственно чистая отеческая приязнь, Варвара Алексеевна; ибо я занимаю у вас место отца родного, по горькому сиротству вашему; говорю это от души, от чистого сердца, по-родственному. Уж как бы там ни было, а я вам хоть дальний родной, хоть, по пословице, и седьмая вода на киселе, а все-таки родственник, и теперь ближайший родственник и покровитель; ибо там, где вы ближе всего имели право искать покровительства и защиты, нашли вы предательство и обиду. А насчет стишков скажу я вам, маточка, что неприлично мне на старости лет в составлении стихов упражняться. Стихи вздор! За стишки и в школах теперь ребятишек секут... вот оно что, родная моя.

Что это вы пишете мне, Варвара Алексеевна, про удобства, про покой и про разные разности? Маточка моя, я не брюзглив и не требователен, никогда лучше теперешнего не жил; так чего же на старости-то лет привередничать? Я сыт, одет, обут; да и куда нам затеи затевать! Не графского рода! Родитель мой был не из дворянского звания и со всей-то семьей своей был беднее меня по доходу. Я не неженка! Впрочем, если на правду пошло, то на старой квартире моей всё было не в пример лучше; попривольнее было, маточка. Конечно, и теперешняя моя квартира хороша, даже в некотором отношении веселее и, если хотите, разнообразнее; я против этого ничего не говорю, да всё старой жаль. Мы, старые, то есть пожилые, люди, к старым вещам, как к родному чему, привыкаем. Квартирка-то была, знаете, маленькая такая; стены были... ну, да что говорить! — стены были, как и все стены, не в них и дело, а вот воспоминания-то обо всем моем прежнем на меня тоску нагоняют... Странное дело — тяжело, а воспоминания как будто приятные. Даже что дурно было, на что подчас и досадовал, и то в воспоминаниях как-то очищается от дурного и предстает воображению моему в привлекательном виде. Тихо жили мы, Варенька; я да хозяйка моя, старушка, покойница. Вот и старушку-то мою с грустным чувством припоминаю теперь! Хорошая была она женщина и недорого брала за квартиру. Она, бывало, всё вязала из лоскутков разных одеяла на аршинных спицах; только этим и занималась. Огонь-то мы с нею вместе держали, так за одним столом и работали. Внучка у ней Маша была — ребенком еще помню ее — лет тринадцати теперь будет девочка. Такая шалунья была, веселенькая, всё нас смешила; вот мы втроем так и жили. Бывало, в длинный зимний вечер присядем к круглому столу, выпьем чайку, а потом и за дело примемся. А старушка, чтоб Маше не скучно было да чтоб не шалила шалунья, сказки, бывало, начнет сказывать. И какие сказки-то были! Не то что дитя, и толковый и умный человек заслушается. Чего! сам я, бывало, закурю себе трубочку, да так заслушаюсь, что и про дело забуду. А дитя-то, шалунья-то наша, призадумается; подопрет ручонкой розовую щечку, ротик свой раскроет хорошенький и, чуть страшная сказка, так жмется, жмется к старушке. А нам-то любо было смотреть на нее; и не увидишь, как свечка нагорит, не слышишь, как на дворе подчас и вьюга злится и метель метет. Хорошо было нам жить, Варенька; и вот так-то мы чуть ли не двадцать лет вместе прожили. Да что я тут заболтался! Вам, может быть, такая материя не нравится, да и мне вспоминать не так-то легко, особливо теперь: время сумерки. Тереза с чем-то возится, у меня болит голова, да и спина немного болит, да и мысли-то такие чудные, как будто и они тоже болят; грустно мне сегодня, Варенька! Что же это вы пишете, родная моя? Как же я к вам приду? Голубчик мой, что люди-то скажут? Ведь вот через двор перейти нужно будет, наши заметят, расспрашивать станут, — толки пойдут, сплетни пойдут, делу дадут другой смысл. Нет, ангельчик мой, я уж вас лучше завтра у всенощной увижу; это будет благоразумнее и для обоих нас безвреднее. Да не взыщите на мне, маточка, за то, что я вам такое письмо написал; как перечел, так и вижу, что всё такое бессвязное. Я, Варенька, старый, неученый человек; смолоду не выучился, а теперь и в ум ничего не пойдет, коли снова учиться начинать. Сознаюсь, маточка, не мастер описывать, и знаю, без чужого иного указания и пересмеивания, что если захочу что-нибудь написать позатейливее, так вздору нагорожу. Видел вас у окна сегодня, видел, как вы стору опустили. Прощайте, прощайте, храни вас господь! Прощайте, Варвара Алексеевна.

Ваш бескорыстный друг

Макар Девушкин.

P. S. Я, родная моя, сатиры-то ни об ком не пишу теперь. Стар я стал, матушка, Варвара Алексеевна, чтоб попусту зубы скалить! и надо мной засмеются, по русской пословице: кто, дескать, другому яму роет, так тот... и сам туда же.

Апреля 9.

Милостивый государь, Макар Алексеевич!

Ну, как вам не стыдно, друг мой и благодетель, Макар Алексссвич, так закручиниться и закапризничать. Неужели вы обиделись! Ах, я часто бываю неосторожна, но не думала, что вы слова мои примете за колкую шутку.

Будьте уверены, что я никогда не осмелюсь шутить над вашими годами и над вашим характером. Случилось же это всё по моей ветрености, а более потому, что ужасно скучно, а от скуки и за что не возьмешься? Я же полагала, что вы сами в своем письме хотели посмеяться. Мне ужасно грустно стало, когда я увидела, что вы недовольны мною. Нет, добрый друг мой и благодетель, вы ошибетесь, если будете подозревать меня в нечувствительности и неблагодарности. Я умею оценить в моем сердце всё, что вы для меня сделали, защитив меня от злых людей, от их гонения и ненависти. Я вечно буду за вас бога молить, и если моя молитва доходна к богу и небо внемлет ей, то вы будете счастливы.

Я сегодня чувствую себя очень нездоровою. Во мне жар и озноб попеременно. Федора за меня очень беспокоится. Вы напрасно стыдитесь ходить к нам, Макар Алексеевич. Какое другим дело! Вы с нами знакомы, и дело с концом!.. Прощайте, Макар Алексеевич. Более писать теперь не о чем, да и не могу: ужасно нездоровится. Прошу вас еще раз не сердиться на меня и быть уверену в том всегдашнем почтении и в той привязанности, с каковыми честь имею пребыть наипреданнейшею и покорнейшею услужницей вашей

Варварой Доброселовой.

Апреля 12.

Милостивая государыня, Варвара Алексеевна!

Ах, маточка моя, что это с вами! Ведь вот каждый-то раз вы меня так пугаете. Пишу вам в каждом письме, чтоб вы береглись, чтоб вы кутались, чтоб не выходили в дурную погоду, осторожность во всем наблюдали бы, — а вы, ангельчик мой, меня и не слушаетесь. Ах, голубчик мой, ну, словно вы дитя какое-нибудь! Ведь вы слабенькие, как соломинка слабенькие, это я знаю. Чуть ветерочек какой, так уж вы и хвораете. Так остерегаться нужно, самой о себе стараться, опасностей избегать и друзей своих в горе и в уныние не вводить.

Изъявляете желание, маточка, в подробности узнать о моем житье-бытье и обо всем меня окружающем. С радостию спешу исполнить ваше желание, родная моя. Начну сначала, маточка: больше порядку будет. Во-первых, в доме у нас, на чистом входе, лестницы весьма посредственные; особливо парадная — чистая, светлая, широкая, всё чугун да красное дерево. Зато уж про чёрную и не спрашивайте: винтовая, сырая, грязная, ступеньки поломаны, и стены такие жирные, что рука прилипает, когда на них опираешься. На каждой площадке стоят сундуки, стулья и шкафы поломанные, ветошки развешаны, окна повыбиты; лоханки стоят со всякою нечистью, с грязью, с сором, с яичною скорлупою да с рыбьими пузырями; запах дурной... одним словом, нехорошо.

Я уже описывал вам расположение комнат; оно, нечего сказать, удобно, это правда, но как-то в них душно, то есть не то чтобы оно пахло дурно, а так, если можно выразиться, немного гнилой, остро-услащенный запах какой-то. На первый раз впечатление невыгодное, но это всё ничего; стоит только минуты две побыть у нас, так и пройдет, и не почувствуешь, как всё пройдет, потому что и сам как-то дурно пропахнешь, и платье пропахнет, и руки пропахнут, и всё пропахнет, — ну, и привыкнешь. У нас чижики так и мрут. Мичман уж пятого покупает, — не живут в нашем воздухе, да и только. Кухня у нас большая, обширная, светлая. Правда, по утрам чадно немного, когда рыбу или говядину жарят, да и нальют и намочат везде, зато уж вечером рай. В кухне у нас на веревках всегда белье висит старое; а так как моя комната недалеко, то есть почти примыкает к кухне, то запах от белья меня беспокоит немного; но ничего: поживешь и попривыкнешь.

С самого раннего утра, Варенька, у нас возня начинается, встают, ходят, стучат, — это поднимаются все, кому надо, кто в службе или так, сам по себе; все пить чай начинают. Самовары у нас хозяйские, большею частию, мало их, ну так мы все очередь держим; а кто попадет не в очередь со своим чайником, так сейчас тому голову вымоют. Вот я было попал в первый раз, да... впрочем, что же писать! Тут-то я со всеми и познакомился. С мичманом с первым познакомился; откровенный такой, всё мне рассказал: про батюшку, про матушку, про сестрицу, что за тульским заседателем, и про город Кронштадт. Обещал мне во всем покровительствовать и тут же меня к себе на чай пригласил. Отыскал я его в той самой комнате, где у нас обыкновенно в карты играют. Там мне дали чаю и непременно хотели, чтоб я в азартную игру с ними играл. Смеялись ли они, нет ли надо мною, не знаю; только сами они всю ночь напролет проиграли, и когда я вошел, так тоже играли. Мел, карты, дым такой ходил по всей комнате, что глаза ело. Играть я не стал, и мне сейчас заметили, что я про философию говорю. Потом уж никто со мною и не говорил всё время; да я, по правде, рад был тому. Не пойду к ним теперь; азарт у них, чистый азарт! Вот у чиновника по литературной части бывают также собрания по вечерам. Ну, у того хорошо, скромно, невинно и деликатно; всё на тонкой ноге.

Ну, Варенька, замечу вам еще мимоходом, что прегадкая женщина наша хозяйка, к тому же сущая ведьма. Вы видели Терезу. Ну, что она такое на самом-то деле? Худая, как общипанный, чахлый цыпленок. В доме и людей-то всего двое: Тереза да Фальдони, хозяйский слуга. Я не знаю, может быть, у него есть и другое какое имя, только он и на это откликается; все его так зовут. Он рыжий, чухна какая-то, кривой, курносый, грубиян: всё с Терезой бранится, чуть не дерутся. Вообще сказать, жить мне здесь не так чтобы совсем было хорошо... Чтоб этак всем разом ночью заснуть и успокоиться — этого никогда не бывает. Уж вечно где-нибудь сидят да играют, а иногда и такое делается, что зазорно рассказывать. Теперь уж я все-таки пообвык, а вот удивляюсь, как в таком содоме семейные люди уживаются. Целая семья бедняков каких-то у нашей хозяйки комнату нанимает, только не рядом с другими нумерами, а по другую сторону, в углу, отдельно. Люди смирные! Об них никто ничего и не слышит. Живут они в одной комнатке, огородясь в ней перегородкою. Он какой-то чиновник без места, из службы лет семь тому исключенный за что-то. Фамилья его Горшков; такой седенький, маленький; ходит в таком засаленном, в таком истертом платье, что больно смотреть; куда хуже моего! Жалкий, хилый такой (встречаемся мы с ним иногда в коридоре); коленки у него дрожат, руки дрожат, голова дрожит, уж от болезни, что ли, какой, бог его знает; робкий, боится всех, ходит стороночкой; уж я застенчив подчас, а этот еще хуже. Семейства у него — жена и трое детей. Старший, мальчик, весь в отца, тоже такой чахлый. Жена была когда-то собою весьма недурна, и теперь заметно; ходит, бедная, в таком жалком отребье. Они, я слышал, задолжали хозяйке; она с ними что-то не слишком ласкова. Слышал тоже, что у самого-то Горшкова неприятности есть какие-то, по которым он и места лишился... процесс не процесс, под судом не под судом, под следствием каким-то, что ли — уж истинно не могу вам сказать. Бедны-то они, бедны — господи, бог мой! Всегда у них в комнате тихо и смирно, словно и не живет никто. Даже детей не слышно. И не бывает этого, чтобы когда-нибудь порезвились, поиграли дети, а уж это худой знак. Как-то мне раз, вечером, случилось мимо их дверей пройти; на ту пору в доме стало что-то не по-обычному тихо; слышу всхлипывание, потом шепот, потом опять всхлипывание, точно как будто плачут, да так тихо, так жалко, что у меня всё сердце надорвалось, и потом всю ночь мысль об этих бедняках меня не покидала, так что и заснуть не удалось хорошенько.

Ну, прощайте, дружочек бесценный мой, Варенька! Описал я вам всё, как умел. Сегодня я весь день всё только об вас и думаю. У меня за вас, родная моя, все сердце изныло. Ведь вот, душечка моя, я вот знаю, что у вас теплого салопа нет. Уж эти мне петербургские весны, ветры да дождички со снежочком, — уж это смерть моя, Варенька! Такое благорастворение воздухов, что убереги меня, господи! Не взыщите, душечка, на писании; слогу нет, Варенька, слогу нет никакого. Хоть бы какой-нибудь был! Пишу, что на ум взбредет, так, чтобы вас только поразвеселить чем-нибудь. Ведь вот если б я учился как-нибудь, дело другое; а то ведь как я учился? даже и не на медные деньги.

Ваш всегдашний и верный друг

Макар Девушкин.

Апреля 25.

Милостивый государь, Макар Алексеевич!

Сегодня я двоюродную сестру мою Сашу встретила! Ужас! и она погибнет, бедная! Услышала я тоже со стороны, что Анна Федоровна всё обо мне выведывает. Она, кажется, никогда не перестанет меня преследовать. Она говорит, что хочет простить меня, забыть всё прошедшее и что непременно сама навестит меня. Говорит, что вы мне вовсе не родственник, что она ближе мне родственница, что в семейные отношения наши вы не имеете никакого права входить и что мне стыдно и неприлично жить вашей милостыней и на вашем содержании... говорит, что я забыла ее хлеб-соль, что она меня с матушкой, может быть, от голодной смерти избавила, что она нас поила-кормила и с лишком два с половиною года на нас убыточилась, что она нам сверх всего этого долг простила. И матушку-то она пощадить не хотела! А если бы знала бедная матушка, что они со мною сделали! Бог видит!.. Анна Федоровна говорит, что я по глупости моей своего счастия удержать не умела, что она сама меня на счастие наводила, что она ни в чем остальном не виновата и что я сама за честь свою не умела, а может быть, и не хотела вступиться. А кто же тут виноват, боже великий! Она говорит, что господин Быков прав совершенно и что не на всякой же жениться, которая... да что писать! Жестоко слышать такую неправду, Макар Алексеевич! Я не знаю, что со мною теперь делается. Я дрожу, плачу, рыдаю; это письмо я вам два часа писала. Я думал, что она по крайней мере сознает свою вину предо мною; а она вот как теперь! Ради бога, не тревожьтесь, друг мой, единственный доброжелатель мой! Федора все преувеличивает: я не больна. Я только простудилась немного вчера, когда ходила на Волково к матушке панихиду служить. Зачем вы не пошли вместе со мною; я вас так просила. Ах, бедная, бедная моя матушка, если б ты встала из гроба, если бы ты знала, если б ты видела, что они со мною сделали!..

В. Д.

Мая 20.

Голубчик мой, Варенька!

Посылаю вам винограду немного, душечка; для выздоравливающей это, говорят, хорошо, да и доктор рекомендует для утоления жажды, так только единственно для жажды. Вам розанчиков намедни захотелось, маточка; так вот я вам их теперь посылаю. Есть ли у вас аппетит, душечка? — вот что главное. Впрочем, слава богу, что всё прошло и кончилось и что несчастия наши тоже совершенно оканчиваются. Воздадим благодарение небу! А что до книжек касается, то достать покамест нигде не могу. Есть тут, говорят, хорошая книжка одна и весьма высоким слогом написанная; говорят, что хороша, я сам не читал, а здесь очень хвалят. Я просил ее для себя; обещались препроводить. Только будете ли вы-то читать? Вы у меня на этот счет привередница; трудно угодить на ваш вкус, уж я вас знаю, голубчик вы мой; вам, верно, всё стихотворство надобно, воздыханий, амуров, — ну, и стихов достану, всего достану; там есть тетрадка одна переписанная.

Я-то живу хорошо. Вы, маточка, обо мне не беспокойтесь, пожалуйста. А что Федора вам насказала на меня, так всё это вздор; вы ей скажите, что она налгала, непременно скажите ей, сплетнице!.. Я нового вицмундира совсем не продавал. Да и зачем, сами рассудите, зачем продавать? Вот, говорят, мне сорок рублей серебром награждения выходит, так зачем же продавать? Вы, маточка, не беспокойтесь; она мнительна,

Федора-то, она мнительна. Заживем мы, голубчик мой! Только вы-то, ангельчик, выздоравливайте, ради бога, выздоравливайте, на огорчите старика. Кто это говорит вам, что я похудел? Клевета, опять клевета! Здоровехонек и растолстел так, что самому опять становится совестно, сыт и доволен по горло; вот только бы вы-то выздоравливали! Ну, прощайте, мой ангельчик; целую все ваши пальчики и пребываю вашим вечным, неизменным другом

Макаром Девушкиным.

P. S. Ах, душенька моя, что это вы опять в самом деле стали писать?.. о чем вы блажите-то! да как же мне ходить к вам так часто, маточка, как? я вас спрашиваю. Разве темнотою ночною пользуясь; да вот теперь и ночей-то почти не бывает: время такое. Я и то, маточка моя, ангельчик, вас почти совсем не покидал во всё время болезни вашей, во время беспамятства-то вашего; но и тут я и сам уж не знаю, как я все эти дела обделывал; да и то потом перестал ходить; ибо любопытствовать и расспрашивать начали. Здесь уж и без того сплетня заплелась какая-то. Я на Терезу надеюсь; она не болтлива; но всё же, сами рассудите вы, маточка, каково это будет, когда они всё узнаю про нас? Что-то они подумаю и что они скажут тогда? Так вот вы скрепите сердечко, маточка, да переждите до выздоровления; а мы потом уж так, вне дома, где-нибудь рандеву дадим.

Июня 1.

Любезнейший Макар Алексеевич!

Мне так хочется сделать вам что-нибудь угодное и приятное за все ваши хлопоты и старания обо мне, за всю вашу любовь ко мне, что я решилась наконец на скуку порыться в моем комоде и отыскать мою тетрадь, которую теперь и посылаю вам. Я начала ее еще в счастливое время жизни моей. Вы часто с любопытством расспрашивали о моем прежнем житье-бытье, о матушке, о Покровском, о моем пребывании у Анны Федоровны и, наконец, о недавних несчастиях моих и так нетерпеливо желали прочесть эту тетрадь, где мне вздумалось, бог знает для чего, отметить кое-какие мгновения из моей жизни, что я не сомневаюсь принести вам большое удовольствие моею посылкою. Мне же как-то грустно было перечитывать это. Мне кажется, что я уже вдвое постарела с тех пор, как написала в этих записках последнюю строчку. Всё это писано в разные сроки. Прощайте, Макар Алексеевич! Мне ужасно скучно теперь, и меня часто мучит бессонница. Прескучное выздоровление!

В. Д.

I

Мне было только четырнадцать лет, когда умер батюшка. Детство мое было самым счастливым временем моей жизни. Началось оно не здесь, но далеко отсюда, в провинции, в глуши. Батюшка был управителем огромного имения князя П—го, в Т—й губернии. Мы жили в одной из деревень князя, и жили тихо, неслышно, счастливо... Я была такая резвая маленькая; только и делаю, бывало, что бегаю по полям, по рощам, по саду, а обо мне никто и не заботился. Батюшка беспрерывно был занят делами, матушка занималась хозяйством; меня ничему не учили, а я тому и рада была. Бывало, с самого раннего утра убегу или на пруд, или в рощу, или на сенокос, или к жнецам — и нужды нет, что солнце печет, что забежишь сама не знаешь куда от селенья, исцарапаешься об кусты, разорвешь свое платье, — дома после бранят, а мне и ничего.

И мне кажется, я бы так была счастлива, если б пришлось хоть всю жизнь мою не выезжать из деревни и жить на одном месте. А между тем я еще дитею принуждена была оставить родные места. Мне было еще только двенадцать лет, когда мы в Петербург переехали. Ах, как я грустно помню наши печальные сборы! Как я плакала, когда прощалась со всем, что так было мило мне. Я помню, что я бросилась на шею батюшке и со слезами умоляла остаться хоть немножко в деревне. Батюшка закричал на меня, матушка плакала; говорила, что надобно, что дела этого требовали. Старый князь П—й умер. Наследники отказали батюшке от должности. У батюшки были кой-какие деньги в оборотах в руках частных лиц в Петербурге. Надеясь поправить свои обстоятельства, он почёл необходимым своё личное здесь присутствие. Всё это я узнала после от матушки. Мы здесь поселились на Петербургской стороне и прожили на одном месте до самой кончины батюшки.

Как тяжело было мне привыкать к новой жизни! Мы въехали в Петербург осенью. Когда мы оставляли деревню, день был такой светлый, тёплый, яркий; сельские работы кончались; на гумнах уже громоздились огромные скирды хлеба и толпились крикливые стаи птиц; всё было так ясно и весело, а здесь, при въезде нашем в город, дождь, гнилая осенняя изморозь, непогода, слякоть и толпа новых, незнакомых лиц, негостеприимных, недовольных, сердитых! Кое-как мы устроились. Помню, все так суетились у нас, всё хлопотали, обзаводились новым хозяйством. Батюшки всё не было дома, у матушки не было покойной минуты — меня позабыли совсем. Грустно мне было вставать поутру, после первой ночи на нашем новоселье. Окна наши выходили на какой-то жёлтый забор. На улице постоянно была грязь. Прохожие были редки, и все они так плотно кутались, всем так было холодно.

А дома у нас по целым дням была страшная тоска и скука. Родных и близких знакомых у нас почти не было. С Анной Фёдоровной батюшка был в ссоре. (Он был ей что-то должен.) Ходили к нам довольно часто люди по делам. Обыкновенно спорили, шумели, кричали. После каждого посещения батюшка делался таким недовольным, сердитым; по целым часам ходит, бывало, из угла в угол, нахмурясь, и ни с кем слова не вымолвит. Матушка не смела тогда и заговорить с ним и молчала. Я садилась куда-нибудь в уголок за книжку — смирно, тихо, пошевелиться, бывало, не смею.

Три месяца спустя по приезде нашем в Петербург меня отдали в пансион. Вот грустно-то было мне сначала в чужих людях! Всё так сухо, неприветливо было, — гувернантки такие крикуньи, девицы такие насмешницы, а я такая дикарка. Строго, взыскательно! Часы на всё положенные, общий стол, скучные учителя — всё это меня сначала истерзало, измучило. Я там и спать не могла. Плачу, бывало, целую ночь, длинную, скучную, холодную ночь. Бывало, но вечерам все повторяют или учат уроки; я сижу себе за разговорами или вокабулами, шевельнуться не смею, а сама всё думаю про домашний наш угол, про батюшку, про матушку, про мою старушку няню, про нянины сказки... ах, как сгрустнется! Об самой пустой вещице в доме, и о той с удовольствием вспоминаешь. Думаешь-думаешь: вот как бы хорошо теперь было дома! Сидела бы я в маленькой комнатке нашей, у самовара, вместе с нашими; было бы так тепло, хорошо, знакомо. Как бы, думаешь, обняла теперь матушку, крепко-крепко, горячо-горячо! Думаешь-думаешь, да и заплачешь тихонько с тоски, давя в груди слезы, и нейдут на ум вокабулы. Как к завтра урока не выучишь; всю ночь снятся учитель, мадам, девицы; всю ночь во сне уроки твердишь, а на другой день ничего не знаешь. Поставят на колени, дадут одно кушанье. Я была такая невеселая, скучная. Сначала все девицы надо мной смеялись, дразнили меня, сбивали, когда я говорила уроки, щипали, когда мы в рядах шли к обеду или к чаю, жаловались на меня ни за что ни про что гувернантке. Зато какой рай, когда няня придет, бывало, за мной в субботу вечером. Так и обниму, бывало, мою старушку в исступлении радости. Она меня оденет, укутает, дорогою не поспевает за мной, а я ей всё болтаю, болтаю, рассказываю. Домой приду веселая, радостная, крепко обниму наших, как будто после десятилетней разлуки. Начнутся толки, разговоры, рассказы; со всеми здороваешься, смеешься, хохочешь, бегаешь, прыгаешь. С батюшкой начнутся разговоры серьезные, о науках, о наших учителях, о французском языке, о грамматике Ломонда — и все мы так веселы, так довольны. Мне и теперь весело вспоминать об этих минутах. Я всеми силами старалась учиться и угождать батюшке. Я видела, что он последнее на меня отдавал, а сам бился бог знает как. С каждым днем он становился всё мрачнее, недовольнее, сердитее; характер его совсем испортился: дела не удавались, долгов было пропасть. Матушка, бывало, и плакать боялась, слова сказать боялась, чтобы не рассердить батюшку; сделалась больная такая; всё худела, худела и стала дурно кашлять. Я, бывало, приду из пансиона — всё такие грустные лица; матушка потихоньку плачет, батюшка сердится. Начнутся упреки, укоры. Батюшка начнет говорить, что я ему не доставляю никаких радостей, никаких утешений; что они из-за меня последнего лишаются, а я до сих пор не говорю по-французски; одним словом, все неудачи, все несчастия, всё, всё вымещалось на мне и на матушке. А как можно было мучить бедную матушку? Глядя на нее, сердце разрывалось, бывало: щеки ее ввалились, глаза впали, в лице был такой чахоточный цвет. Мне доставалось больше всех. Начиналось всегда из пустяков, а потом уж бог знает до чего доходило; часто я даже не понимала, о чем идет дело. Чего не причиталось!.. И французский язык, и что я большая дура, и что содержательница нашего пансиона нерадивая, глупая женщина; что она об нашей нравственности не заботится; что батюшка службы себе до сих пор не может найти и что грамматика Ломонда скверная грамматика, а Запольского гораздо лучше; что на меня денег много бросили по-пустому; что я, видно, бесчувственная, каменная, — одним словом, я, бедная, из всех сил билась, твердя разговоры и вокабулы, а во всем была виновата, за всё отвечала! И это совсем не оттого, чтобы батюшка не любил меня: во мне и матушке он души не слышал. Но уж это так, характер был такой.

Заботы, огорчения, неудачи измучили бедного батюшку до крайности: он стал недоверчив, желчен; часто был близок к отчаянию, начал пренебрегать своим здоровьем, простудился и вдруг заболел, страдал недолго и скончался так внезапно, так скоропостижно, что мы все несколько дней были вне себя от удара. Матушка была в каком-то оцепенении; я даже боялась за ее рассудок. Только что скончался батюшка, кредиторы явились к нам как из земли, нахлынули гурьбою. Всё, что у нас ни было, мы отдали. Наш домик на Петербургской стороне, который батюшка купил полгода спустя после переселения нашего в Петербург, был также продан. Не знаю, как уладили остальное, но сами мы остались без крова, без пристанища, без пропитания. Матушка страдала изнурительною болезнию, прокормить мы себя не могли, жить было нечем, впереди была гибель. Мне тогда только минуло четырнадцать лет. Вот тут-то нас и посетила Анна Федоровна. Она всё говорит, что она какая-то помещица и нам доводится какою-то роднею. Матушка тоже говорила, что она нам родня, только очень дальняя. При жизни батюшки она к нам никогда не ходила. Явилась она со слезами на глазах, говорила, что принимает в нас большое участие; соболезновала о нашей потере, о нашем бедственном положении, прибавила, что батюшка был сам виноват: что он не по силам жил, далеко забирался и что уж слишком на свои силы надеялся. Обнаружила желание сойтись с нами короче, предложила забыть обоюдные неприятности; а когда матушка объявила, что никогда не чувствовала к ней неприязни, то она прослезилась, повела матушку в церковь и заказала панихиду по голубчике (так она выразилась о батюшке). После этого она торжественно помирилась с матушкой.

После долгих вступлений и предуведомлений Анна Федоровна, изобразив в ярких красках наше бедственное положение, сиротство, безнадежность, беспомощность, пригласила нас, как она сама выразилась, у ней приютиться. Матушка благодарила, но долго не решалась; но так как делать было нечего и иначе распорядиться никак нельзя, то и объявила наконец Анне Федоровне, что ее предложение мы принимаем с благодарностию. Как теперь помню утро, в которое мы перебирались с Петербургской стороны на Васильевский остров. Утро было осеннее, ясное, сухое, морозное. Матушка плакала; мне было ужасно грустно; грудь у меня разрывалась, душу томило от какой-то неизъяснимой, страшной тоски... Тяжкое было время.

II

Сначала, покамест еще мы, то есть я и матушка, не обжились на нашем новоселье, нам обеим было как-то жутко, дико у Анны Федоровны. Анна Федоровна жила в собственном доме, в Шестой линии. В доме всего было пять чистых комнат. В трех из них жила Анна Федоровна и двоюродная сестра моя, Саша, которая у ней воспитывалась, — ребенок, сиротка, без отца и матери. Потом в одной комнате жили мы, и, наконец, в последней комнате, рядом с нами, помещался один бедный студент Покровский, жилец у Анны Федоровны. Анна Федоровна жила очень хорошо, богаче, чем бы можно было предполагать; но состояние ее было загадочно, так же как и ее занятия. Она всегда суетилась, всегда была озабочена, выезжала и выходила по нескольку раз в день; но что она делала, о чем заботилась и для чего заботилась, этого я никак не могла угадать. Знакомство у ней было большое и разнообразное. К ней всё, бывало, гости ездили, и всё бог знает какие люди, всегда по каким-то делам и на минутку. Матушка всегда уводила меня в нашу комнату, бывало, только что зазвенит колокольчик. Анна Федоровна ужасно сердилась за это на матушку и беспрерывно твердила, что уж мы слишком горды, что не по силам горды, что было бы еще чем гордиться, и по целым часам не умолкала. Я не понимала тогда этих упреков в гордости; точно так же я только теперь узнала или по крайней мере предугадываю, почему матушка не решалась жить у Анны Федоровны. Злая женщина была Анна Федоровна; она беспрерывно нас мучила. До сих пор для меня тайна, зачем именно она приглашала нас к себе? Сначала она была с нами довольно ласкова, — а потом уж и выказала свой настоящий характер вполне, как увидала, что мы совершенно беспомощны и что нам идти некуда. Впоследствии со мной она сделалась весьма ласкова, даже как-то грубо ласкова, до лести, но сначала и я терпела заодно с матушкой. Поминутно попрекала она нас; только и делала, что твердила о своих благодеяниях. Посторонним людям рекомендовала нас как своих бедных родственниц, вдовицу и сироту беспомощных, которых она из милости, ради любви христианской, у себя приютила. За столом каждый кусок, который мы брали, следила глазами, а если мы не ели, так опять начиналась история: дескать, мы гнушаемся; не взыщите, чем богата, тем и рада; было ли бы еще у нас самих лучше. Батюшку поминутно бранила: говорила, что лучше других хотел быть, да худо и вышло; дескать, жену с дочерью пустил по миру, и что не нашлось бы родственницы благодетельной, христианской души, сострадательной, так еще бог знает пришлось бы, может быть, среди улицы с голоду сгнить. Чего-чего она не говорила! Не так горько, как отвратительно было ее слушать. Матушка поминутно плакала; здоровье ее становилось день от дня хуже, она видимо чахла, а между тем мы с нею работали с утра до ночи, доставали заказную работу, шили, что очень не нравилось Анне Федоровне; она поминутно говорила, что у нее не модный магазин в доме. Но нужно было одеваться, нужно было на непредвиденные расходы откладывать, нужно было непременно свои деньги иметь. Мы на всякий случай копили, надеялись, что можно будет со временем переехать куда-нибудь. Но матушка последнее здоровье свое потеряла на работе: она слабела с каждым днем. Болезнь, как червь, видимо подтачивала жизнь ее и близила к гробу. Я всё видела, всё чувствовала, всё выстрадала; всё это было на глазах моих!

Дни проходили за днями, и каждый день был похож на предыдущий. Мы жили тихо, как будто и не в городе. Анна Федоровна мало-помалу утихала, по мере того как сама стала вполне сознавать свое владычество. Ей, впрочем, никогда и никто не думал прекословить. В нашей комнате мы были отделены от ее половины коридором, а рядом с нами, как я уже упоминала, жил Покровский. Он учил Сашу французскому и немецкому языкам, истории, географии — всем наукам, как говорила Анна Федоровна, и за то получал от нее квартиру и стол; Саша была препонятливая девочка, хотя резвая и шалунья; ей было тогда лет тринадцать. Анна Федоровна заметила матушке, что недурно бы было, если бы и я стала учиться, затем что в пансионе меня недоучили. Матушка с радостию согласилась, и я целый год училась у Покровского вместе с Сашей.

Покровский был бедный, очень бедный молодой человек; здоровье его не позволяло ему ходить постоянно учиться, и его так, по привычке только, звали у нас студентом. Жил он скромно, смирно, тихо, так что и не слышно бывало его из нашей комнаты. С виду он был такой странный; так неловко ходил, так неловко раскланивался, так чудно говорил, что я сначала на него без смеху и смотреть не могла. Саша беспрерывно над ним проказничала, особенно когда он нам уроки давал.

А он вдобавок был раздражительного характера, беспрестанно сердился, за каждую малость из себя выходил, кричал на нас, жаловался на нас и часто, не докончив урока, рассерженный уходил в свою комнату. У себя же он по целым дням сидел за книгами. У него было много книг, и всё такие дорогие, редкие книги. Он кое-где еще учил, получал кое-какую плату, так что чуть, бывало, у него заведутся деньги, так он тотчас идет себе книг покупать.

Со временем я узнала его лучше, короче. Он был добрейший, достойнейший человек, наилучший из всех, которых мне встречать удавалось. Матушка его весьма уважала. Потом он и для меня был лучшим из друзей, — разумеется, после матушки.

Сначала я, такая большая девушка, шалила заодно с Сашей, и мы, бывало, по целым часам ломаем головы, как бы раздразнить и вывесть его из терпения. Он ужасно смешно сердился, а нам это было чрезвычайно забавно. (Мне даже и вспоминать это стыдно.) Раз мы раздразнили его чем-то чуть не до слез, и я слышала ясно, как он прошептал: «Злые дети». Я вдруг смутилась; мне стало и стыдно, и горько, и жалко его. Я помню, что я покраснела до ушей и чуть не со слезами на глазах стала просить его успокоиться и не обижаться нашими глупыми шалостями, но он закрыл книгу, не докончил нам урока и ушел в свою комнату. Я целый день надрывалась от раскаяния. Мысль о том, что мы, дети, своими жестокостями довели его до слез, была для меня нестерпима. Мы, стало быть, ждали его слез. Нам, стало быть, их хотелось; стало быть, мы успели его из последнего терпения вывесть; стало быть, мы насильно заставили его, несчастного, бедного, о своем лютом жребии вспомнить! Я всю ночь не спала от досады, от грусти, от раскаянья. Говорят, что раскаянье облегчает душу, — напротив. Не знаю, как примешалось к моему горю и самолюбие. Мне не хотелось, чтобы он считал меня за ребенка. Мне тогда было уже пятнадцать лет.

С этого дня я начала мучить воображение мое, создавая тысячи планов, каким бы образом вдруг заставить Покровского изменить свое мнение обо мне. Но я была подчас робка и застенчива; в настоящем положении моем я ни на что не могла решиться и ограничивалась одними мечтаниями (и бог знает какими мечтаниями!). Я перестала только проказничать вместе с Сашей; он перестал на нас сердиться; но для самолюбия моего этого было мало.

Теперь скажу несколько слов об одном самом странном, самом любопытном и самом жалком человеке из всех, которых когда-либо мне случалось встречать. Потому говорю о нем теперь, именно в этом месте моих записок, что до самой этой эпохи я почти не обращала на него никакого внимания, — так всё, касавшееся Покровского, стало для меня вдруг занимательно!

У нас в доме являлся иногда старичок, запачканный, дурно одетый, маленький, сененький, мешковатый, неловкий, одним словом, странный донельзя. С первого взгляда на него можно было подумать, что он как будто чего-то стыдится, как будто ему себя самого совестно. Оттого он всё как-то ежился, как-то кривлялся; такие ухватки, ужимки были у него, что можно было, почти не ошибаясь, заключить, что он не в своем уме. Придет, бывало, к нам, да стоит в сенях у стеклянных дверей и в дом войти не смеет. Кто из нас мимо пройдет — я или Саша, или из слуг, кого он знал подобрее к нему, — то он сейчас машет, манит к себе, делает разные знаки, и разве только когда кивнешь ему головою и позовешь его — условный знак, что в доме нет никого постороннего и что ему можно войти, когда ему угодно, — только тогда старик тихонько отворял дверь, радостно улыбался, потирал руки от удовольствия и на цыпочках прямо отправлялся в комнату Покровского. Это был его отец.

Потом я узнала подробно всю историю этого бедного старика. Он когда-то где-то служил, был без малейших способностей и занимал самое последнее, самое незначительное место на службе. Когда умерла первая его жена (мать студента Покровского), то он вздумал жениться во второй раз и женился на мещанке. При новой жене в доме всё пошло вверх дном; никому житья от нее не стало; она всех к рукам прибрала. Студент Покровский был тогда еще ребенком, лет десяти. Мачеха его возненавидела. Но маленькому Покровскому благоприятствовала судьба. Помещик Быков, знавший чиновника Покровского и бывший некогда его благодетелем, принял ребенка под свое покровительство и поместил его в какую-то школу. Интересовался же он им потому, что знал его покойную мать, которая еще в девушках была облагодетельствована Анной Федоровной и выдана ею замуж за чиновника Покровского. Господин Быков, друг и короткий знакомый Анны Федоровны, движимый великодушием, дал за невестой пять тысяч рублей приданого. Куда эти деньги пошли — неизвестно. Так мне рассказывала всё это Анна Федоровна; сам же студент Покровский никогда не любил говорить о своих семейных обстоятельствах. Говорят, что его мать была очень хороша собою, и мне странно кажется, почему она так неудачно вышла замуж, за такого незначительного человека... Она умерла еще в молодых летах, года четыре спустя после замужества.

Из школы молодой Покровский поступил в какую-то гимназию и потом в университет. Господин Быков, весьма часто приезжавший в Петербург, и тут не оставил его своим покровительством. За расстроенным здоровьем своим Покровский не мог продолжать занятий своих в университете. Господин Быков познакомил его с Анной Федоровной, сам рекомендовал его, и таким образом молодой Покровский был принят на хлебы, с уговором учить Сашу всему, чему ни потребуется.

Старик же Покровский, с горя от жестокостей жены своей, предался самому дурному пороку и почти всегда бывал в нетрезвом виде. Жена его бивала, сослала жить в кухню и до того довела, что он наконец привык к побоям и дурному обхождению и не жаловался. Он был еще не очень старый человек, но от дурных наклонностей почти из ума выжил. Единственным же признаком человеческих благородных чувств была в нем неограниченная любовь к сыну, Говорили, что молодой Покровский похож как две капли воды на покойную мать свою. Не воспоминания ли о прежней доброй жене породили в сердце погибшего старика такую беспредельную любовь к нему? Старик и говорить больше ни о чем не мог, как о сыне, и постоянно два раза в неделю навещал его. Чаще же приходить он не смел, потому что молодой Покровский терпеть не мог отцовских посещений. Из всех его недостатков, бесспорно, первым и важнейшим было неуважение к отцу. Впрочем, и старик был подчас пренесноснейшим существом на свете. Во-первых, он был ужасно любопытен, во-вторых, разговорами и расспросами, самыми пустыми и бестолковыми, он поминутно мешал сыну заниматься и, наконец, являлся иногда в нетрезвом виде. Сын понемногу отучал старика от пороков, от любопытства и от поминутного болтания и наконец довел до того, что тот слушал его во всем, как оракула, и рта не смел разинуть без его позволения.

Бедный старик не мог надивиться и нарадоваться на своего Петеньку (так он называл сына). Когда он приходил к нему в гости, то почти всегда имел какой-то озабоченный, робкий вид, вероятно, от неизвестности, как-то его примет сын, обыкновенно долго не решался войти, и если я тут случалась, так он меня минут двадцать, бывало, расспрашивал — что, каков Петенька? здоров ли он? в каком именно расположении духа и не занимается ли чем-нибудь важным? Что он именно делает? Пишет ли или размышлениями какими занимается? Когда я его достаточно ободряла и успокоивала, то старик наконец решался войти и тихо-тихо, осторожно-осторожно отворял двери, просовывал сначала одну голову, и если видел, что сын не сердится и кивнул ему головой, то тихонько проходил в комнату, снимал свою шинельку, шляпу, которая вечно у него была измятая, дырявая, с оторванными полями — всё вешал на крюк, всё делал тихо, неслышно; потом садился где-нибудь осторожно на стул и с сына глаз не спускал, все движения его ловил, желая угадать расположение духа своего Петеньки. Если сын чуть-чуть был не в духе и старик примечал это, то тотчас приподымался с места и объяснял, «что, дескать, я так, Петенька, я на минутку. Я вот далеко ходил, проходил мимо и отдохнуть зашел». И потом безмолвно, покорно брал свою шинельку, шляпенку, опять потихоньку отворял дверь и уходил, улыбаясь через силу, чтобы удержать в душе накипевшее горе и не выказать его сыну.

Но когда сын примет, бывало, отца хорошо, то старик себя не слышит от радости. Удовольствие проглядывало в его о лице, в его жестах, в его движениях. Если сын с ним заговаривал, то старик всегда приподымался немного со стула и отвечал тихо, подобострастно, почти с благоговением и всегда стараясь употреблять отборнейшие, то есть самые сметные выражения. Но дар слова ему не давался: всегда смешается и сробеет, так что не знает, куда руки девать, куда себя девать, и после еще долго про себя ответ шепчет, как бы желая поправиться. Если же удавалось отвечать хорошо, то старик охорашивался, оправлял на себе жилетку, галстух, фрак и принимал вид собственного достоинства. А бывало, до того ободрялся, до того простирал свою смелость, что тихонько вставал со стула, подходил к полке с книгами, брал какую-нибудь книжку и даже тут же прочитывал что-нибудь, какая бы ни была книга. Всё это он делал с видом притворного равнодушия и хладнокровия, как будто бы он и всегда мог так хозяйничать с сыновними книгами, как будто ему и не в диковину ласка сына. Но мне раз случилось видеть, как бедняк испугался, когда Покровский попросил его не трогать книг. Он смешался, заторопился, поставил книгу вверх ногами, потом хотел поправиться, перевернул и поставил обрезом наружу, улыбался, краснел и не знал, чем загладить свое преступление. Покровский своими советами отучал понемногу старика от дурных наклонностей, и как только видел его раза три сряду в трезвом виде, то при первом посещении давал ему на прощанье по четвертачку, по полтинничку или больше. Иногда покупал ему сапоги, галстух или жилетку. Зато старик в своей обнове был горд, как петух. Иногда он заходил к нам. Приносил мне и Саше пряничных петушков, яблоков и всё, бывало, толкует с нами о Петеньке. Просил нас учиться внимательно, слушаться, говорил, что Петенька добрый сын, примерный сын и вдобавок ученый сын. Тут он так, бывало, смешно нам подмигивал левым глазком, так забавно кривлялся, что мы не могли удержаться от смеха и хохотали над ним от души, Маменька его очень любила. Но старик ненавидел Анну Федоровну, хотя был пред нею тише воды, ниже травы.

Скоро я перестала учиться у Покровского. Меня он по-прежнему считал ребенком, резвой девочкой, на одном ряду с Сашей. Мне было это очень больно, потому что я всеми силами старалась загладить мое прежнее поведение. Но меня не замечали. Это раздражало меня более и более. Я никогда почти не говорила с Покровским вне классов, да и не могла говорить. Я краснела, мешалась и потом где-нибудь в уголку плакала от досады.

Я не знаю, чем бы это всё кончилось, если б сближению нашему не помогло одно странное обстоятельство. Однажды вечером, когда матушка сидела у Анны Федоровны, я тихонько вошла в комнату Покровского. Я знала, что его не было дома, и, право, не знаю, отчего мне вздумалось войти к нему. До сих пор я никогда и не заглядывала к нему, хотя мы прожили рядом уже с лишком год. В этот раз сердце у меня билось так сильно, так сильно, что, казалось, из груди хотело выпрыгнуть. Я осмотрелась кругом с каким-то особенным любопытством. Комната Покровского была весьма бедно убрана; порядка было мало. На стенах прибито было пять длинных полок с книгами. На столе и на стульях лежали бумаги. Книги да бумаги! Меня посетила странная мысль, и вместе с тем какое-то неприятное чувство досады овладело мною. Мне казалось, что моей дружбы, моего любящего сердца было мало ему. Он был учен, а я пыла глупа и ничего не знала, ничего не читала, ни одной книги... Тут я завистливо поглядела на длинные полки, которые ломились под книгами. Мною овладела досада, тоска, какое-то бешенство. Мне захотелось, и я тут же решилась прочесть его книги, все до одной, и как можно скорее. Не знаю, может быть, я думала, что, научившись всему, что он знал, буду достойнее его дружбы. Я бросилась к первой полке; не думая, не останавливаясь, схватила в руки первый попавшийся запыленный, старый том и, краснея, бледнея, дрожа от волнения и страха, утащила к себе краденую книгу, решившись прочесть ее ночью, у ночника, когда заснет матушка.

Но как же мне стало досадно, когда я, придя в нашу комнату, торопливо развернула книгу и увидала какое-то старое, полусгнившее, всё изъеденное червями латинское сочинение. Я воротилась, не теряя времени. Только что я хотела поставить книгу на полку, послышался шум в коридоре и чьи-то близкие шаги. Я заспешила, заторопилась, но несносная книга была так плотно поставлена в ряд, что, когда я вынула одну, все остальные раздались сами собою и силотнились так, что теперь для прежнего их товарища не оставалось более места. Втиснуть книгу у меня недоставало сил. Однако ж я толкнула книги как только могла сильнее. Ржавый гвоздь, на котором крепилась полка и который, кажется, нарочно ждал этой минуты, чтоб сломаться, — сломался. Полка полетела одним концом вниз. Книги с шумом посыпались на пол. Дверь отворилась, и Покровский вошел в комнату.

Нужно заметить, что он терпеть не мог, когда кто-нибудь хозяйничал в его владениях. Беда тому, кто дотрогивался до книг его! Судите же о моем ужасе, когда книги, маленькие, большие, всевозможных форматов, всевозможной величины и толщины, ринулись с полки, полетели, запрыгали под столом, под стульями, по всей комнате. Я было хотела бежать, но было поздно. «Кончено, думаю, кончено! Я пропала, погибла! Я балую, резвлюсь, как десятилетний ребенок; я глупая девчонка! Я большая дура!!» Покровский рассердился ужасно. «Ну вот, этого недоставало еще! — закричал он. — Ну, не стыдно ли вам так шалить!.. Уйметесь ли вы когда-нибудь?» И сам бросился подбирать книги. Я было нагнулась помогать ему. «Не нужно, не нужно, — закричал он. — Лучше бы вы сделали, если б не ходили туда, куда вас не просят». Но, впрочем, немного смягченный моим покорным движением, он продолжал уже тише, в недавнем наставническом тоне, пользуясь недавним правом учителя: «Ну, когда вы остепенитесь, когда вы одумаетесь? Ведь вы на себя посмотрите, ведь уж вы не ребенок, не маленькая девочка, ведь вам уже пятнадцать лет!» И тут, вероятно, желая поверить, справедливо ли то, что я уж не маленькая, он взглянул на меня и покраснел до ушей. Я не понимала; я стояла перед ним и смотрела на него во все глаза в изумлении. Он привстал, подошел с смущенным видом ко мне, смешался ужасно, что-то заговорил, кажется, в чем-то извинялся, может быть, в том, что только теперь заметил, что я такая большая девушка. Наконец я поняла. Я не помню, что со мной тогда сталось; я смешалась, потерялась, покраснела еще больше Покровского, закрыла лицо руками и выбежала из комнаты.

Я не знала, что мне оставалось делать, куда было деваться от стыда. Одно то, что он застал меня в своей комнате! Целых три дня я на него взглянуть не могла. Я краснела до слез. Мысли самые странные, мысли смешные вертелись в голове моей. Одна из них, самая сумасбродная, была та, что я хотела идти к нему, объясниться с ним, признаться ему во всем, откровенно рассказать ему всё и уверить его, что я поступила не как глупая девочка, но с добрым намерением. Я было и совсем решилась идти, но, слава богу, смелости недостало. Воображаю, что бы я наделала! Мне и теперь обо всем этом вспоминать совестно.

Несколько дней спустя матушка вдруг сделалась опасно больна. Она уже два дня не вставала с постели и на третью ночь была в жару и в бреду. Я уже не спала одну ночь, ухаживая за матушкой, сидела у ее кровати, подносила ей питье и давала в определенные часы лекарства. На вторую ночь я измучилась совершенно. По временам меня клонил сон, в глазах зеленело, голова шла кругом, и я каждую минуту готова была упасть от утомления, но слабые стоны матери пробуждали меня, я вздрагивала, просыпалась на мгновение, а потом дремота опять одолевала меня. Я мучилась. Я не знаю — я не могу припомнить себе, — но какой-то страшный сон, какое-то ужасное видение посетило мою расстроенную голову в томительную минуту борьбы сна с бдением. Я проснулась в ужасе. В комнате было темно, ночник погасал, полосы света то вдруг обливали всю комнату, то чуть-чуть мелькали по стене, то исчезали совсем. Мне стало отчего-то страшно, какой-то ужас напал на меня; воображение мое взволновано было ужасным сном; тоска сдавила мое сердце... Я вскочила со стула и невольно вскрикнула от какого-то мучительного, страшно тягостного чувства. В это время отворилась дверь, и Покровский вошел к нам в комнату.

Я помню только то, что я очнулась на его руках. Он бережно посадил меня в кресла, подал мне стакан воды и засыпал вопросами. Не помню, что я ему отвечала. «Вы больны, вы сами очень больны, — сказал он, взяв меня за руку, — у вас жар, вы себя губите, вы своего здоровья не щадите; успокойтесь, лягте, засните. Я вас разбужу через два часа, успокойтесь немного... Ложитесь же, ложитесь!» — продолжал он, не давая мне выговорить ни одного слова в возражение. Усталость отняла у меня последние силы; глаза мои закрывались от слабости. Я прилегла в кресла, решившись заснуть только на полчаса, и проспала до утра. Покровский разбудил меня только тогда, когда пришло время давать матушке лекарство.

На другой день, когда я, отдохнув немного днем, приготовилась опять сидеть в креслах у постели матушки, твердо решившись в этот раз не засыпать, Покровский часов в одиннадцать постучался в нашу комнату. Я отворила. «Вам скучно сидеть одной, — сказал он мне, — вот вам книга; возьмите; всё не так скучно будет». Я взяла; я не помню, какая эта была книга; вряд ли я тогда в нее заглянула, хоть всю ночь не спала. Странное внутреннее волнение не давало мне спать; я не могла оставаться на одном месте; несколько раз вставала с кресел и начинала ходить по комнате. Какое-то внутреннее довольство разливалось по всему существу моему. Я так была рада вниманию Покровского. Я гордилась беспокойством и заботами его обо мне. Я продумала и промечтала всю ночь. Покровский не заходил более; и я знала, что он не придет, и загадывала о будущем вечере.

В следующий вечер, когда в доме уж все улеглись, Покровский отворил свою дверь и начал со мной разговаривать, стоя у порога своей комнаты. Я не помню теперь ни одного слова из того, что мы сказали тогда друг другу; помню только, что я робела, мешалась, досадовала на себя и с нетерпением ожидала окончания разговора, хотя сама всеми силами желала его, целый день мечтала о нем и сочиняла мои вопросы и ответы... С этого вечера началась первая завязка нашей дружбы. Во всё продолжение болезни матушки мы каждую ночь по нескольку часов проводили вместе. Я мало-помалу победила свою застенчивость, хотя, после каждого разговора нашего, всё еще было за что на себя подосадовать. Впрочем, я с тайною радостию и с гордым удовольствием видела, что он из-за меня забывал свои несносные книги. Случайно, в шутку, разговор зашел раз о падении их с полки. Минута была странная, я как-то слишком была откровенна и чистосердечна; горячность, странная восторженность увлекли меня, и я призналась ему во всем... в том, что мне хотелось учиться, что-нибудь знать, что мне досадно было, что меня считают девочкой, ребенком... Повторяю, что я была в престранном расположении духа; сердце мое было мягко, в глазах стояли слезы, — я не утаила ничего и рассказала всё, всё — про мою дружбу к нему, про желание любить его, жить с ним заодно сердцем, утешить его, успокоить его. Он посмотрел на меня как-то странно, с замешательством, с изумлением и не сказал мне ни слова. Мне стало вдруг ужасно больно, грустно. Мне показалось, что он меня не понимает, что он, может быть, надо мною смеется. Я заплакала вдруг, как дитя, зарыдала, сама себя удержать не могла; точно я была в каком-то припадке. Он схватил мои руки, целовал их, прижимал к груди своей, уговаривал, утешал меня; он был сильно тронут; не помню, что он мне говорил, но только я и плакала, и смеялась, и опять плакала, краснела, не могла слова вымолвить от радости. Впрочем, несмотря на волнение мое, я заметила, что в Покровском все-таки оставалось какое-то смущение и принуждение. Кажется, он не мог надивиться моему увлечению, моему восторгу, такой внезапной, горячей, пламенной дружбе. Может быть, ему было только любопытно сначала; впоследствии нерешительность его исчезла, и он, с таким же простым, прямым чувством, как и я, принимал мою привязанность к нему, мои приветливые слова, мое внимание и отвечал на всё это тем же вниманием, так же дружелюбно и приветливо, как искренний друг мой, как родной брат мой. Моему сердцу было так тепло, так хорошо!.. Я не скрывалась, не таилась ни в чем; он всё это видел и с каждым днем всё более и более привязывался ко мне.

И право, не помню, о чем мы не переговорили с ним в эти мучительные и вместе сладкие часы наших свиданий, ночью, при дрожащем свете лампадки и почти у самой постели моей бедной больной матушки?.. Обо всем, что на ум приходило, что с сердца срывалось, что просилось высказаться, — и мы почти были счастливы... Ох, это было и грустное и радостное время — всё вместе; и мне и грустно и радостно теперь вспоминать о нем. Воспоминания, радостные ли, горькие ли, всегда мучительны; по крайней мере так у меня; но и мучение это сладостно. И когда сердцу становится тяжело, больно, томительно, грустно, тогда воспоминания свежат и живят его, как капли росы в влажный вечер, после жаркого дня, свежат и живят бедный, чахлый цветок, сгоревший от зноя дневного.

Матушка выздоравливала, но я еще продолжала сидеть по ночам у ее постели. Часто Покровский давал мне книги; я читала, сначала чтоб не заснуть, потом внимательнее, потом с жадностию; передо мной внезапно открылось много нового, доселе неведомого, незнакомого мне. Новые мысли, новые впечатления разом, обильным потоком прихлынули к моему сердцу. И чем более волнения, чем более смущения и труда стоил мне прием новых впечатлений, тем милее они были мне, тем сладостнее потрясали всю душу. Разом, вдруг, втолпились они в мое сердце, не давая ему отдохнуть. Какой-то странный хаос стал возмущать всё существо мое. Но это духовное насилие не могло и не в силах было расстроить меня совершенно. Я была слишком мечтательна, и это спасло меня.

Когда кончилась болезнь матушки, наши вечерние свидания и длинные разговоры прекратились; нам удавалось иногда меняться словами, часто пустыми и малозначащими, но мне любо было давать всему свое значение, свою цену особую, подразумеваемую. Жизнь моя была полна, я была счастлива, покойно, тихо счастлива. Так прошло несколько недель...

Как-то раз зашел к нам старик Покровский. Он долго с нами болтал, был не по-обыкновенному весел, бодр, разговорчив; смеялся, острил по-своему и наконец разрешил загадку своего восторга и объявил нам, что ровно через неделю будет день рождения Петеньки и что по сему случаю он непременно придет к сыну; что он наденет новую жилетку и что жена обещалась купить ему новые сапоги. Одним словом, старик был счастлив вполне и болтал обо всем, что ему на ум попадалось.

День его рождения! Этот день рождения не давал мне покоя ни днем, ни ночью. Я непременно решилась напомнить о своей дружбе Покровскому и что-нибудь подарить ему. Но что? Наконец я выдумала подарить ему книг. Я знала, что ему хотелось иметь полное собрание сочинений Пушкина, в последнем издании, и я решила купить Пушкина. У меня своих собственных денег было рублей тридцать, заработанных рукодельем. Эти деньги были отложены у меня на новое платье. Тотчас я послала нашу кухарку, старуху Матрену, узнать, что стоит весь Пушкин. Беда! Цена всех одиннадцати книг, присовокупив сюда издержки на переплет, была по крайней мере рублей шестьдесят. Где взять денег? Я думала-думала и не знала, на что решиться. У матушки просить не хотелось. Конечно, матушка мне непременно бы помогла; но тогда все бы в доме узнали о нашем подарке; да к тому же этот подарок обратился бы в благодарность, в плату за целый год трудов Покровского. Мне хотелось подарить одной, тихонько от всех. А за труды его со мною я хотела быть ему навсегда одолженною без какой бы то ни было уплаты, кроме дружбы моей. Наконец я выдумала, как выйти из затруднения.

Я знала, что у букинистов в Гостином дворе можно купить книгу иногда в полцены дешевле, если только поторговаться, часто малоподержанную и почти совершенно новую. Я положила непременно отправиться в Гостиный двор. Так и случилось; назавтра же встретилась какая-то надобность и у нас и у Анны Федоровны. Матушке понездоровилось, Анна Федоровна очень кстати поленилась, так что пришлось все поручения возложить на меня, и я отправилась вместе с Матреной.

К моему счастью, я нашла весьма скоро Пушкина, и в весьма красивом переплете. Я начала торговаться. Сначала запросили дороже, чем в лавках; но потом, впрочем не без труда, уходя несколько раз, я довела купца до того, что он сбавил цену и ограничил свои требования только десятью рублями серебром. Как мне весело было торговаться!.. Бедная Матрена не понимала, что со мной делается и зачем я вздумала покупать столько книг. Но ужас! Весь мой капитал был в тридцать рублей ассигнациями, а купец никак не соглашался уступить дешевле. Наконец я начала упрашивать, просила-просила его, наконец упросила. Он уступил, но только два с полтиною, и побожился, что и эту уступку он только ради меня делает, что я такая барышня хорошая, а что для другого кого он ни за что бы не уступил. Двух с половиною рублей недоставало! Я готова была заплакать с досады. Но самое неожиданное обстоятельство помогло мне в моем горе.

Недалеко от меня, у другого стола с книгами, я увидала старика Покровского. Вокруг него столпились четверо или пятеро букинистов; они его сбили с последнего толку, затормошили совсем. Всякий из них предлагал ему свой товар, и чего-чего не предлагали они ему, и чего-чего не хотел он купить! Бедный старик стоял посреди их, как будто забитый какой-нибудь, и не знал, за что взяться из того, что ему предлагали. Я подошла к нему и спросила — что он здесь делает? Старик мне очень обрадовался; он любил меня без памяти, может быть, не менее Петеньки. «Да вот книжки покупаю, Варвара Алексеевна, — отвечал он мне, — Петеньке покупаю книжки. Вот его день рождения скоро будет, а он любит книжки, так вот я и покупаю их для него...» Старик и всегда смешно изъяснялся, а теперь вдобавок был в ужаснейшем замешательстве. К чему ни приценится, всё рубль серебром, два рубля, три рубля серебром; уж он к большим книгам и не приценивался, а так только завистливо на них посматривал, перебирал пальцами листочки, вертел в руках и опять их ставил на место. «Нет, нет, это дорого, — говорил он вполголоса, — а вот разве отсюдова что-нибудь», — и тут он начинал перебирать тоненькие тетрадки, песенники, альманахи; это всё было очень дешево. «Да зачем вы это всё покупаете, — спросила я его, — это всё ужасные пустяки». «Ах, нет, — отвечал он, — нет, вы посмотрите только, какие здесь есть хорошие книжки; очень, очень хорошие есть книжки!» И последние слова он так жалобно протянул нараспев, что мне показалось, что он заплакать готов от досады, зачем книжки хорошие дороги, и что вот сейчас капнет слезинка с его бледных щек на красный нос. Я спросила, много ли у него денег? «Да вот, — тут бедненький вынул все свои деньги, завернутые в засаленную газетную бумажку, — вот полтинничек, двугривенничек, меди копеек двадцать». Я его тотчас потащила к моему букинисту. «Вот целых одиннадцать книг стоит всего-то тридцать два рубля с полтиною; у меня есть тридцать; приложите два с полтиною, и мы купим все эти книги и подарим вместе». Старик обезумел от радости, высыпал все свои деньги, и букинист навьючил на него всю нашу общую библиотеку. Мой старичок наложил книг во все карманы, набрал в обе руки, под мышки и унес всё к себе, дав мне слово принести все книги на другой день тихонько ко мне.

На другой день старик пришел к сыну, с часочек посидел у него по обыкновению, потом зашел к нам и подсел ко мне с прекомическим таинственным видом. Сначала с улыбкой, потирая руки от гордого удовольствия владеть какой-нибудь тайной, он объявил мне, что книжки все пренезаметно перенесены к нам и стоят в уголку, в кухне, под покровительством Матрены. Потом разговор естественно перешел на ожидаемый праздник; потом старик распространился о том, как мы будем дарить, и чем далее углублялся он в свой предмет, чем более о нем говорил, тем приметнее мне становилось, что у него есть что-то на душе, о чем он не может, не смеет, даже боится выразиться. Я всё ждала и молчала. Тайная радость, тайное удовольствие, что я легко читала доселе в его странных ухватках, гримасничанье, подмигиванье левым глазком, исчезли. Он делался поминутно всё беспокойнее и тоскливее; наконец он не выдержал.

— Послушайте, — начал он робко, вполголоса, — послушайте, Варвара Алексеевна... знаете ли что, Варвара Алексеевна?.. — Старик был в ужасном замешательстве. — Видите: вы, как придет день его рождения, возьмите десять книжек и подарите их ему сами, то есть от себя, с свое́й стороны; я же возьму тогда одну одиннадцатую и уж тоже подарю от себя, то есть собственно с своей стороны. Так вот, видите ли — и у вас будет что-нибудь подарить, и у меня будет что-нибудь подарить; у нас обоих будет что-нибудь подарить. — Тут старик смешался и замолчал. Я взглянула на него; он с робким ожиданием ожидал моего приговора. «Да зачем же вы хотите, чтоб мы не вместе дарили, Захар Петрович?» — «Да так, Варвара Алексеевна, уж это так... я ведь, оно, того...» — одним словом, старик замешался, покраснел, завяз в своей фразе и не мог сдвинуться с места.

— Видите ли, — объяснился он наконец. — Я, Варвара Алексеевна, балуюсь подчас... то есть я хочу доложить вам, что я почти и всё балуюсь и всегда балуюсь... придерживаюсь того, что нехорошо... то есть, знаете, этак на дворе такие холода бывают, также иногда неприятности бывают разные, или там как-нибудь грустно сделается, или что-нибудь из нехорошего случится, так я и не удержусь подчас, и забалуюсь, и выпью иногда лишнее. Петруше это очень неприятно. Он вот, видите ли, Варвара Алексеевна, сердится, бранит меня и мне морали разные читает. Так вот бы мне и хотелось теперь самому доказать ему подарком моим, что я исправляюсь и начинаю вести себя хорошо. Что вот я копил, чтобы книжку купить, долго копил, потому что у меня и денег-то почти никогда не бывает, разве, случится, Петруша кое-когда даст. Он это знает. Следовательно, вот он увидит употребление денег моих и узнает, что всё это я для него одного делаю.

Мне стало ужасно жаль старика. Я думала недолго. Старик смотрел на меня с беспокойством. «Да слушайте, Захар Петрович, — сказала я, — вы подарите их ему все!» — «Как все? то есть книжки все?..» — «Ну да, книжки все». — «И от себя?» — «От себя». — «От одного себя? то есть от своего имени?» — «Ну да, от своего имени...» Я, кажется, очень ясно толковала, но старик очень долго не мог понять меня.

«Ну да, — говорил он, задумавшись, — да! это будет очень хорошо, это было бы весьма хорошо, только вы-то как же, Варвара Алексеевна?» — «Ну, да я ничего не подарю». — «Как! — закричал старик, почти испугавшись, — так вы ничего Петеньке не подарите, так вы ему ничего дарить не хотите?» Старик испугался; в эту минуту он, кажется, готов был отказаться от своего предложения затем, чтобы и я могла чем-нибудь подарить его сына. Добряк был этот старик! Я уверила его, что я бы рада была подарить что-нибудь, да только у него не хочу отнимать удовольствия. «Если сын ваш будет доволен, — прибавила я, — и вы будете рады, то и я буду рада, потому что втайне-то, в сердце-то моем, буду чувствовать, как будто и на самом деле я подарила». Этим старик совершенно успокоился. Он пробыл у нас еще два часа, но всё это время на месте не мог усидеть, вставал, возился, шумел, шалил с Сашей, целовал меня украдкой, щипал меня за руку и делал тихонько гримасы Анне Федоровне. Анна Федоровна прогнала его наконец из дома. Одним словом, старик от восторга так расходился, как, может быть, никогда еще не бывало с ним.

В торжественный день он явился ровно в одиннадцать часов, прямо от обедни, во фраке, прилично заштопанном, и действительно в новом жилете и в новых сапогах. В обеих руках было у него по связке книг. Мы все сидели тогда в зале у Анны Федоровны и пили кофе (было воскресенье). Старик начал, кажется, с того, что Пушкин был весьма хороший стихотворец; потом, сбиваясь и мешаясь, перешел вдруг на то, что нужно вести себя хорошо и что если человек не ведет себя хорошо, то значит, что он балуется; что дурные наклонности губят и уничтожают человека; исчислил даже несколько пагубных примеров невоздержания и заключил тем, что он с некоторого времени совершенно исправился и что теперь ведет себя примерно хорошо. Что он и прежде чувствовал справедливость сыновних наставлений, что он всё это давно чувствовал и всё на сердце слагал, но теперь и на деле стал удерживаться. В доказательство чего дарит книги на скопленные им, в продолжение долгого времени, деньги.

Я не могла удержаться от слез и смеха, слушая бедного старика; ведь умел же налгать, когда нужда пришла! Книги были перенесены в комнату Покровского и поставлены на полку. Покровский тотчас угадал истину. Старика пригласили обедать. Этот день мы все были так веселы. После обеда играли в фанты, в карты; Саша резвилась, я от нее не отставала. Покровский был ко мне внимателен и всё искал случая поговорить со мною наедине, но я не давалась. Это был лучший день в целые четыре года моей жизни.

А теперь всё пойдут грустные, тяжелые воспоминания; начнется повесть о моих черных днях. Вот отчего, может быть, перо мое начинает двигаться медленнее и как будто отказывается писать далее. Вот отчего, может быть, я с таким увлечением и с такою любовью переходила в памяти моей малейшие подробности моего маленького житья-бытья в счастливые дни мои. Эти дни были так недолги; их сменило горе, черное горе, которое бог один знает когда кончится.

Несчастия мои начались болезнию и смертию Покровского.

Он заболел два месяца спустя после последних происшествий, мною здесь описанных. В эти два месяца он неутомимо хлопотал о способах жизни, ибо до сих пор он еще не имел определенного положения. Как и все чахоточные, он не расставался до последней минуты своей с надеждою жить очень долго. Ему выходило куда-то место в учителя; но к этому ремеслу он имел отвращение. Служить где-нибудь в казенном месте он не мог за нездоровьем. К тому же долго бы нужно было ждать первого оклада жалованья. Короче, Покровский видел везде только одни неудачи; характер его портился. Здоровье его расстраивалось; он этого не примечал. Подступила осень. Каждый день выходил он в своей легкой шинельке хлопотать по своим делам, просить и вымаливать себе где-нибудь места — что его внутренно мучило; промачивал ноги, мок под дождем и, наконец, слег в постель, с которой не вставал уже более... Он умер в глубокую осень, в конце октября месяца.

Я почти не оставляла его комнаты во всё продолжение его болезни, ухаживала за ним и прислуживала ему. Часто не спала целые ночи. Он редко был в памяти; часто был в бреду; говорил бог знает о чем: о своем месте, о своих книгах, обо мне, об отце... и тут-то я услышала многое из его обстоятельств, чего прежде не знала и о чем даже не догадывалась. В первое время болезни его все наши смотрели на меня как-то странно; Анна Федоровна качала головою. Но я посмотрела всем прямо в глаза, и за участие мое к Покровскому меня не стали осуждать более — по крайней мере матушка.

Иногда Покровский узнавал меня, но это было редко. Он был почти всё время в беспамятстве. Иногда по целым ночам он говорил с кем-то долго-долго, неясными темными словами, и хриплый голос его глухо отдавался в тесной его комнате, словно в гробу; мне тогда становилось страшно. Особенно в последнюю ночь он был как исступленный; он ужасно страдал, тосковал; стоны его терзали мою душу. Все в доме были в каком-то испуге. Анна Федоровна всё молилась, чтоб бог его прибрал поскорее. Призвали доктора. Доктор сказал, что больной умрет к утру непременно.

Старик Покровский целую ночь провел в коридоре, у самой двери в комнату сына; тут ему постлали какую-то рогожку. Он поминутно входил в комнату; на него страшно было смотреть. Он был так убит горем, что казался совершенно бесчувственным и бессмысленным. Голова его тряслась от страха. Он сам весь дрожал и всё что-то шептал про себя, о чем-то рассуждал сам с собою. Мне казалось, что он с ума сойдет с горя.

Перед рассветом старик, усталый от душевной боли, заснул на своей рогожке как убитый. В восьмом часу сын стал умирать; я разбудила отца. Покровский был в полной памяти и простился со всеми нами. Чудно! Я не могла плакать; но душа моя разрывалась на части.

Но всего более истерзали и измучили меня его последние мгновения. Он чего-то всё просил долго-долго коснеющим языком своим, а я ничего не могла разобрать из слов его. Сердце мое надрывалось от боли! Целый час он был беспокоен, об чем-то всё тосковал, силился сделать какой-то знак охолоделыми руками своими и потом опять начинал просить жалобно, хриплым, глухим голосом; но слова его были одни бессвязные звуки, и я опять ничего понять не могла. Я подводила ему всех наших, давала ему пить; но он всё грустно качал головою. Наконец я поняла, чего он хотел. Он просил поднять занавес у окна и открыть ставни. Ему, верно, хотелось взглянуть в последний раз на день, на свет божий, на солнце. Я отдернула занавес; но начинающийся день был печальный и грустный, как угасающая бедная жизнь умирающего. Солнца не было. Облака застилали небо туманною пеленою; оно было такое дождливое, хмурое, грустное. Мелкий дождь дробил в стекла и омывал их струями холодной, грязной воды; было тускло и темно. В комнату чуть-чуть проходили лучи бледного дня и едва оспаривали дрожащий свет лампадки, затепленной перед образом. Умирающий взглянул на меня грустно-грустно и покачал головою. Через минуту он умер.

Похоронами распорядилась сама Анна Федоровна. Купили гроб простой-простой и наняли ломового извозчика. В обеспечение издержек Анна Федоровна захватила все книги и все вещи покойного. Старик с ней спорил, шумел, отнял у ней книг сколько мог, набил ими все свои карманы, наложил их в шляпу, куда мог, носился с ними все три дня и даже не расстался с ними и тогда, когда нужно было идти в церковь. Все эти дни он был как беспамятный, как одурелый и с какою-то странною заботливостью всё хлопотал около гроба: то оправлял венчик на покойнике, то зажигал и снимал свечи. Видно было, что мысли его ни на чем не могли остановиться порядком. Ни матушка, ни Анна Федоровна не были в церкви на отпевании. Матушка была больна, а Анна Федоровна совсем было уж собралась, да поссорилась со стариком Покровским и осталась. Была только одна я да старик. Во время службы на меня напал какой-то страх — словно предчувствие будущего. Я едва могла выстоять в церкви. Наконец гроб закрыли, заколотили, поставили на телегу и повезли. Я проводила его только до конца улицы. Извозчик поехал рысью. Старик бежал за ним и громко плакал; плач его дрожал и прерывался от бега. Бедный потерял свою шляпу и не остановился поднять ее. Голова его мокла от дождя; поднимался ветер; изморозь секла и колола лицо. Старик, кажется, не чувствовал непогоды и с плачем перебегал с одной стороны телеги на другую. Полы его ветхого сюртука развевались по ветру, как крылья. Из всех карманов торчали книги; в руках его была какая-то огромная книга, за которую он крепко держался. Прохожие снимали шапки и крестились. Иные останавливались и дивились на бедного старика. Книги поминутно падали у него из карманов в грязь. Его останавливали, показывали ему на потерю; он поднимал и опять пускался вдогонку за гробом. На углу улицы увязалась с ним вместе провожать гроб какая-то нищая старуха. Телега поворотила наконец за угол и скрылась от глаз моих. Я пошла домой. Я бросилась в страшной тоске на грудь матушки. Я сжимала ее крепко-крепко в руках своих, целовала ее и навзрыд плакала, боязливо прижимаясь к ней, как бы стараясь удержать в своих объятиях последнего друга моего и не отдавать его смерти... Но смерть уже стояла над бедной матушкой!

Июня 11.

Как я благодарна вам за вчерашнюю прогулку на острова, Макар Алексеевич! Как там свежо, хорошо, какая там зелень! Я так давно не видала зелени; когда я была больна, мне всё казалось, что я умереть должна и что умру непременно; судите же, что я должна была вчера ощущать, как чувствовать! Вы не сердитесь на меня за то, что я была вчера такая грустная; мне было очень хорошо, очень легко, но в самые лучшие минуты мои мне всегда отчего-то грустно. А что я плакала, так это пустяки; я и сама не знаю, отчего я всё плачу. Я больно, раздражительно чувствую; впечатления мои болезненны. Безоблачное, бледное небо, закат солнца, вечернее затишье — всё это, — я уж не знаю, — но я как-то настроена была вчера принимать все впечатления тяжело и мучительно, так что сердце переполнялось и душа просила слёз. Но зачем я вам всё это пишу? Всё это трудно сердцу сказывается, а пересказывать еще труднее. Но вы меня, может быть, и поймете. И грусть и смех! Какой вы, право, добрый, Макар Алексеевич! Вчера вы так и смотрели мне в глаза, чтоб прочитать в них то, что я чувствую, и восхищались восторгом моим. Кусточек ли, аллея, полоса воды — уж вы тут; так и стоите передо мной, охорашиваясь, и всё в глаза мне заглядываете, точно вы мне свои владения показывали. Это доказывает, что у вас доброе сердце, Макар Алексеевич. За это-то я вас и люблю. Ну, прощайте. Я сегодня опять больна; вчера я ноги промочила и оттого простудилась; Федора тоже чем-то больна, так что мы обе теперь хворые. Не забывайте меня, заходите почаще.

Ваша

В. Д.

Июня 12.

Голубчик мой, Варвара Алексеевна!

А я-то думал, маточка, что вы мне всё вчерашнее настоящими стихами опишете, а у вас и всего-то вышел один простой листик. Я к тому говорю, что вы хотя и мало мне в листке вашем написали, но зато необыкновенно хорошо и сладко описали. И природа, и разные картины сельские, и всё остальное про чувства — одним словом, всё это вы очень хорошо описали. А вот у меня так нет таланту. Хоть десять страниц намарай, никак ничего не выходит, ничего не опишешь. Я уж пробовал. Пишите вы мне, родная моя, что я человек добрый, незлобивый, ко вреду ближнего неспособный и благость господню, в природе являемую, разумеющий, и разные, наконец, похвалы воздаете мне. Всё это правда, маточка, всё это совершенная правда; я и действительно таков, как вы говорите, и сам это знаю; но как прочтешь такое, как вы пишете, так поневоле умилится сердце, а потом разные тягостные рассуждения придут. А вот прислушайте меня, маточка, я кое-что расскажу вам, родная моя.

Начну с того, что было мне всего семнадцать годочков, когда я на службу явился, и вот уже скоро тридцать лет стукнет моему служебному поприщу. Ну, нечего сказать, износил я вицмундиров довольно; возмужал, поумнел, людей посмотрел; пожил, могу сказать, что пожил на свете, так, что меня хотели даже раз к получению креста представить. Вы, может быть, не верите, а я вам, право, не лгу. Так что же, маточка, — нашлись на всё это злые люди! А скажу я вам, родная моя, что я хоть и тёмный человек, глупый человек, пожалуй, но сердце-то у меня такое же, как и у другого кого. Так знаете ли, Варенька, что сделал мне злой человек? А срамно сказать, что он сделал; спросите — отчего сделал? А оттого, что я смирненький, а оттого, что я тихонький, а оттого, что добренький! Не пришёлся им по нраву, так вот и пошло на меня. Сначала началось тем, что, «дескать, вы, Макар Алексеевич, того да сего»; а потом стало — «что, дескать, у Макара Алексеевича и не спрашивайте». А теперь заключили тем, что, «уж конечно, это Макар Алексеевич!» Вот, маточка, видите ли, как дело пошло: всё на Макара Алексеевича; они только и умели сделать, что в пословицу ввели Макара Алексеевича в целом ведомстве нашем. Да мало того, что из меня пословицу и чуть ли не бранное слово сделали, — до сапогов, до мундира, до волос, до фигуры моей добрались: всё не по них, всё переделать нужно! И ведь это всё с незапамятных времён каждый божий день повторяется. Я привык, потому что я ко всему привыкаю, потому что я смирный человек, потому что я маленький человек; но, однако же, за что это всё? Что я кому дурного сделал? Чин перехватил у кого-нибудь, что ли? Перед высшими кого-нибудь очернил? Награждение перепросил! Кабалу стряпал, что ли, какую-нибудь? Да грех вам и подумать-то такое, маточка! Ну куда мне всё это? Да вы только рассмотрите, родная моя, имею ли я способности, достаточные для коварства и честолюбия? Так за что же напасти такие на меня, прости господи? Ведь вы же находите меня человеком достойным, а вы не в пример лучше их всех, маточка. Ведь какая самая наибольшая гражданская добродетель? Отнеслись намедни в частном разговоре Евстафий Иванович, что наиважнейшая добродетель гражданская — деньгу уметь зашибить. Говорили они шуточкой (я знаю, что шуточкой), нравоучение же то, что не нужно быть никому в тягость собою; а я никому не в тягость! У меня кусок хлеба есть свой; правда, простой кусок хлеба, подчас даже черствый; но он есть, трудами добытый, законно и безукоризненно употребляемый. Ну что ж делать! Я ведь и сам знаю, что я немного делаю тем, что переписываю; да все-таки я этим горжусь: я работаю, я пот проливаю. Ну что ж тут в самом деле такого, что переписываю! Что, грех переписывать, что ли? «Он, дескать, переписывает!» «Эта, дескать, крыса чиновник переписывает!» Да что же тут бесчестного такого? Письмо такое четкое, хорошее, приятно смотреть, и его превосходительство довольны; я для них самые важные бумаги переписываю. Ну, слогу нет, ведь я это сам знаю, что нет его, проклятого; вот потому-то я и службой не взял, и даже вот к вам теперь, родная моя, пишу спроста, без затей и так, как мне мысль на сердце ложится... Я это всё знаю; да, однако же, если бы все сочинять стали, так кто же бы стал переписывать? Я вот какой вопрос делаю и вас прошу отвечать на него, маточка. Ну, так я и сознаю теперь, что я нужен, что я необходим и что нечего вздором человека с толку сбивать. Ну, пожалуй, пусть крыса, коли сходство нашли! Да крыса-то эта нужна, да крыса-то пользу приносит, да за крысу-то эту держатся, да крысе-то этой награждение выходит, — вот она крыса какая! Впрочем, довольно об этой материи, родная моя; я ведь и не о том хотел говорить, да так, погорячился немного. Все-таки приятно от времени до времени себе справедливость воздать. Прощайте, родная моя, голубчик мой, утешительница вы моя добренькая! Зайду, непременно к вам зайду, проведаю вас, моя ясочка. А вы не скучайте покамест. Книжку вам принесу. Ну, прощайте же, Варенька.

Ваш сердечный доброжелатель

Макар Девушкин.

Июня 20.

Милостивый государь, Макар Алексеевич!

Пишу я к вам наскоро, спешу, работу к сроку кончаю. Видите ли, в чем дело: можно покупку сделать хорошую. Федора говорит, что продается у ее знакомого какого-то вицмундир форменный, совершенно новехонький, нижнее платье, жилетка и фуражка, и, говорят, всё весьма дешево; так вот вы бы купили. Ведь вы теперь не нуждаетесь, да и деньги у вас есть; вы сами говорите, что есть. Полноте, пожалуйста, не скупитесь; ведь это всё нужное. Посмотрите-ка на себя, в каком вы старом платье ходите. Срам! всё в заплатках. Нового то у вас нет; это я знаю, хоть вы и уверяете, что есть. Уж бог знает, куда вы его с рук сбыли. Так послушайтесь же меня, купите, пожалуйста. Для меня это сделайте; коли меня любите, так купите.

Вы мне прислали белья в подарок; но послушайте, Макар Алексеевич, ведь вы разоряетесь. Шутка ли, сколько вы на меня истратили, — ужас сколько денег! Ах, как же вы любите мотать! Мне не нужно; всё это было совершенно лишнее. Я знаю, я уверена, что вы меня любите; право, лишнее напоминать мне это подарками; а мне тяжело их принимать от вас; я знаю, чего они вам стоят. Единожды навсегда — полноте; слышите ли? Прошу вас, умоляю вас. Просите вы меня, Макар Алексеевич, прислать продолжение записок моих; желаете, чтоб я их докончила. Я не знаю, как написалось у меня и то, что у меня написано! Но у меня сил недостанет говорить теперь о моем прошедшем; я и думать об нем не желаю; мне страшно становится от этих воспоминаний. Говорить же о бедной моей матушке, оставившей свое бедное дитя в добычу этим чудовищам, мне тяжелее всего. У меня сердце кровью обливается при одном воспоминании. Всё это еще так свежо; я не успела одуматься, не только успокоиться, хотя всему этому уже с лишком год. Но вы знаете всё.

Я вам говорила о теперешних мыслях Анны Федоровны; она меня же винит в неблагодарности и отвергает всякое обвинение о сообществе ее с господином Быковым! Она зовет меня к себе; говорит, что я христарадничаю, что я по худой дороге пошла. Говорит, что если я ворочусь к ней, то она берется уладить всё дело с господином Быковым и заставит его загладить всю вину его передо мною. Она говорит, что господин Быков хочет мне дать приданое. Бог с ними! Мне хорошо и здесь с вами, у доброй моей Федоры, которая своею привязанностью ко мне напоминает мне мою покойницу няню. Вы хоть дальний родственник мой, но защищаете меня своим именем. А их я не знаю; я позабуду их, если смогу. Чего еще они хотят от меня? Федора говорит, что это всё сплетни, что они оставят наконец меня. Дай-то бог!

В. Д.

Июня 21.

Голубушка моя, маточка!

Хочу писать, а не знаю, с чего и начать. Ведь вот как же это странно, маточка, что мы теперь так с вами живем. Я к тому говорю, что я никогда моих дней не проводил в такой радости. Ну, точно домком и семейством меня благословил господь! Деточка вы моя, хорошенькая! да что это вы там толкуете про четыре рубашечки-то, которые я вам послал. Ведь надобно же вам их было, — я от Федоры узнал. Да мне, маточка, это особое счастие вас удовлетворять; уж это мое удовольствие, уж вы меня оставьте, маточка; не троньте меня и не прекословьте мне. Никогда со мною не бывало такого, маточка. Я вот в свет пустился теперь. Во-первых, живу вдвойне, потому что и вы тоже живете весьма близко от меня и на утеху мне; а во-вторых, пригласил меня сегодня на чай один жилец, сосед мой, Ратазяев, тот самый чиновник, у которого сочинительские вечера бывают. Сегодня собрание; будем литературу читать. Вот мы теперь как, маточка, — вот! Ну, прощайте. Я ведь это всё так написал, безо всякой видимой цели и единственно для того, чтоб уведомить вас о моем благополучии. Приказали вы, душенька, через Терезу сказать, что вам шелчку цветного для вышиванья нужно; куплю, маточка, куплю, и шелчку куплю. Завтра же буду иметь наслаждение удовлетворить вас вполне. Я и купить-то где знаю. А сам теперь пребываю

другом вашим искренним

Макаром Девушкиным.

Июня 22.

Милостивая государыня, Варвара Алексеевна!

Уведомляю вас, родная моя, что у нас в квартире случилось прежалостное происшествие, истинно-истинно жалости достойное! Сегодня, в пятом часу утра, умер у Горшкова маленький. Я не знаю только от чего, скарлатина, что ли, была какая-то, господь его знает! Навестил я этих Горшковых. Ну, маточка, вот бедно-то у них! И какой беспорядок! Да и не диво: всё семейство живет в одной комнате, только что ширмочками для благопристойности разгороженной. У них уж и гробик стоит — простенький, но довольно хорошенький гробик; готовый купили, мальчик-то был лет девяти; надежды, говорят, подавал. А жалость смотреть на них, Варенька! Мать не плачет, но такая грустная, бедная. Им, может быть, и легче, что вот уж один с плеч долой; а у них еще двое осталось, грудной да девочка маленькая, так лет шести будет с небольшим. Что за приятность, в самом деле, видеть, что вот де страдает ребенок, да еще детище родное, а ему и помочь даже нечем! Отец сидит в старом, засаленном фраке, на изломанном стуле. Слезы текут у него, да, может быть, и не от горести, а так, по привычке, глаза гноятся. Такой он чудной! Всё краснеет, когда с ним заговоришь, смешается и не знает, что отвечать. Маленькая девочка, дочка, стоит прислонившись к гробу, да такая, бедняжка, скучная, задумчивая! А не люблю я, маточка, Варенька, когда ребенок задумывается; смотреть неприятно! Кукла какая-то из тряпок на полу возле нее лежит, — не играет; на губах пальчик держит; стоит себе — не пошевелится. Ей хозяйка конфетку дала; взяла, а не ела. Грустно, Варенька — а?

Макар Девушкин.

Июня 25.

Любезнейший Макар Алексеевич! Посылаю вам вашу книжку обратно. Это пренегодная книжонка! — и в руки брать нельзя. Откуда выкопали вы такую драгоценность? Кроме шуток, неужели вам нравятся такие книжки, Макар Алексеевич? Вот мне так обещались на днях достать чего-нибудь почитать. Я и с вами поделюсь, если хотите. А теперь до свидания. Право, некогда писать более.

В. Д.

Июня 26.

Милая Варенька! Дело-то в том, что я действительно не читал этой книжонки, маточка. Правда, прочел несколько, вижу, что блажь, так, ради смехотворства одного написано, чтобы людей смешить; ну, думаю, оно, должно быть, и в самом деле весело; авось и Вареньке понравится; взял да и послал ее вам.

А вот обещался мне Ратазяев дать почитать чего-нибудь настоящего литературного, ну, вот вы и будете с книжками, маточка. Ратазяев-то смекает, — дока; сам пишет, ух как пишет! Перо такое бойкое и слогу пропасть; то есть этак в каждом слове, — чего-чего, — в самом пустом, вот-вот в самом обыкновенном, подлом слове, что хоть бы и я иногда Фальдони или Терезе сказал, вот и тут у него слог есть. Я и на вечерах у него бываю. Мы табак курим, а он нам читает, часов по пяти читает, а мы всё слушаем. Объядение, а не литература! Прелесть такая, цветы, просто цветы; со всякой страницы букет вяжи! Он обходительный такой, добрый, ласковый. Ну, что я перед ним, ну что? Ничего. Он человек с репутацией, а я что? Просто — не существую; а и ко мне благоволит. Я ему кое-что переписываю. Вы только не думайте, Варенька, что тут проделка какая-нибудь, что он вот именно оттого и благоволит ко мне, что я переписываю. Вы сплетням-то не верьте, маточка, вы сплетням-то подлым не верьте! Нет, это я сам от себя, по своей воле, для его удовольствия делаю, а что он ко мне благоволит, так это уж он для моего удовольствия делает. Я деликатность-то поступка понимаю, маточка. Он добрый, очень добрый человек и бесподобный писатель.

А хорошая вещь литература, Варенька, очень хорошая; это я от них третьего дня узнал. Глубокая вещь! Сердце людей укрепляющая, поучающая, и — разное там еще обо всем об этом в книжке у них написано. Очень хорошо написано! Литература — это картина, то есть в некотором роде картина и зеркало; страсти выраженье, критика такая тонкая, поучение к назидательности и документ. Это я всё у них наметался. Откровенно скажу вам, маточка, что ведь сидишь между ними, слушаешь (тоже, как и они, трубку куришь, пожалуй), — а как начнут они состязаться да спорить об разных материях, так уж тут я просто пасую, тут, маточка, нам с вами чисто пасовать придется. Тут я просто болван болваном оказываюсь, самого себя стыдно, так что целый вечер приискиваешь, как бы в общую-то материю хоть полсловечка ввернуть, да вот этого-то полсловечка как нарочно и нет! И пожалеешь, Варенька, о себе, что сам-то не того да не так; что, по пословице — вырос, а ума не вынес. Ведь что я теперь в свободное время делаю? Сплю, дурак дураком. А то бы вместо спанья-то ненужного можно было бы и приятным заняться; этак сесть бы да и пописать. И себе полезно и другим хорошо. Да что, маточка, вы посмотрите-ка только, сколько берут они, прости им господь! Вот хоть бы и Ратазяев, — как берет! Что ему лист написать? Да он в иной день и по пяти писывал, а по триста рублей, говорит, за лист берет. Там анекдотец какой-нибудь или из любопытного что-нибудь — пятьсот, дай не дай, хоть тресни, да дай! а нет — так мы и по тысяче другой раз в карман кладем! Каково, Варвара Алексеевна? Да что! Там у него стишков тетрадочка есть, и стишок всё такой небольшой, — семь тысяч, маточка, семь тысяч просит, подумайте. Да ведь это имение недвижимое, дом капитальный! Говорит, что пять тысяч дают ему, да он не берет. Я его урезониваю, говорю — возьмите, дескать, батюшка, пять-то тысяч от них, да и плюньте им, — ведь деньги пять тысяч! Нет, говорит, семь дадут, мошенники. Увертливый, право, такой!

А что, маточка, уж если на то пошло, так я вам, так и быть, выпишу из «Итальянских страстей» местечко. Это у него сочинение так называется. Вот прочтите-ка, Варенька, да посудите сами.

«...Владимир вздрогнул, и страсти бешено заклокотали в нем, и кровь вскипела...

— Графиня, — вскричал он, — графиня! Знаете ли вы, как ужасна эта страсть, как беспредельно это безумие? Нет, мои мечты меня не обманывали! Я люблю, люблю восторженно, бешено, безумно! Вся кровь твоего мужа не зальет бешеного, клокочущего восторга души моей! Ничтожные препятствия не остановят всеразрывающего, адского огня, бороздящего мою истомленную грудь. О Зинаида, Зинаида!..

— Владимир!.. — прошептала графиня вне себя, склоняясь к нему на плечо...

— Зинаида! — закричал восторженный Смельский. Из груди его испарился вздох. Пожар вспыхнул ярким пламенем на алтаре любви и взбороздил грудь несчастных страдальцев.

— Владимир!.. — шептала в упоении графиня. Грудь ее подымалась, щеки ее багровели, очи горели...

Новый, ужасный брак был совершен!

Через полчаса старый граф вошел в будуар жены своей.

— А что, душечка, не приказать ли для дорогого гостя самоварчик поставить? — сказал он, потрепав жену по щеке».

Ну вот, я вас спрошу, маточка, после этого — ну, как вы находите? Правда, немножко вольно, в этом спору нет, но зато хорошо. Уж что хорошо, так хорошо! А вот, позвольте, я вам еще отрывочек выпишу из повести «Ермак и Зюлейка».

Представьте себе, маточка, что казак Ермак, дикий и грозный завоеватель Сибири, влюблен в Зюлейку, дочь сибирского царя Кучума, им в полон взятую. Событие прямо из времен Ивана Грозного, как вы видите. Вот разговор Ермака и Зюлейки:

«— Ты любишь меня, Зюлейка! О, повтори, повтори!..

— Я люблю тебя, Ермак, — прошептала Зюлейка.

— Небо и земля, благодарю вас! я счастлив!.. Вы дали мне всё, всё, к чему с отроческих лет стремился взволнованный дух мой. Так вот куда вела ты меня, моя звезда путеводная; так вот для чего ты привела меня сюда, за Каменный Пояс! Я покажу всему свету мою Зюлейку, и люди, бешеные чудовища, не посмеют обвинять меня! О, если им понятны эти тайные страдания ее нежной души, если они способны видеть целую поэму в одной слезинке моей Зюлейки! О, дай мне стереть поцелуями эту слезинку, дай мне выпить ее, эту небесную слезинку... неземная!

— Ермак, — сказала Зюлейка, — свет зол, люди несправедливы! Они будут гнать, они осудят нас, мой милый Ермак! Что будет делать бедная дева, взросшая среди родных снегов Сибири, в юрте отца своего, в вашем холодном, ледяном, бездушном, самолюбивом свете? Люди не поймут меня, желанный мой, мой возлюбленный!

— Тогда казацкая сабля взовьется над ними и свистнет! — вскричал Ермак, дико блуждая глазами».

Каков же теперь Ермак, Варенька, когда он узнает, что его Зюлейка зарезана. Слепой старец Кучум, пользуясь темнотою ночи, прокрался, в отсутствие Ермака, в его шатер и зарезал дочь свою, желая нанести смертельный удар Ермаку, лишившему его скипетра и короны.

«— Любо мне шаркать железом о камень! — закричал Ермак в диком остервенении, точа булатный нож свой о шаманский камень. — Мне нужно их крови, крови! Их нужно пилить, пилить, пилить!!!»

И после всего этого Ермак, будучи не в силах пережить свою Зюлейку, бросается в Иртыш, и тем всё кончается.

Ну, а это, например, так, маленький отрывочек, в шуточно-описательном роде, собственно для смехотворства написанный: «Знаете ли вы Ивана Прокофьевича Желтопуза? Ну, вот тот самый, что укусил за ногу Прокофия Ивановича. Иван Прокофьевич человек крутого характера, но зато редких добродетелей; напротив того, Прокофий Иванович чрезвычайно любит редьку с медом. Вот когда еще была с ним знакома Пелагея Антоновна... А вы знаете Пелагею Антоновну? Ну, вот та самая, которая всегда юбку надевает наизнанку».

Да ведь это умора, Варенька, просто умора! Мы со смеху катались, когда он читал нам это. Этакой он, прости его господи! Впрочем, маточка, оно хоть и немного затейливо и уж слишком игриво, но зато невинно, без малейшего вольнодумства и либеральных мыслей. Нужно заметить, маточка, что Ратазяев прекрасного поведения и потому превосходный писатель, не то что другие писатели.

А что, в самом деле, ведь вот иногда придет же мысль в голову... ну что, если б я написал что-нибудь, ну что тогда будет? Ну вот, например, положим, что вдруг, ни с того ни с сего, вышла бы в свет книжка под титулом — «Стихотворения Макара Девушкина»! Ну что бы вы тогда сказали, мой ангельчик? Как бы вам это представилось и подумалось? А я про себя скажу, маточка, что как моя книжка-то вышла бы в свет, так я бы решительно тогда на Невский не смел бы показаться. Ведь каково это было бы, когда бы всякий сказал, что вот де идет сочинитель литературы и пиита Девушкин, что вот, дескать, это и есть сам Девушкин! Ну что бы я тогда, например, с моими сапогами стал делать? Они у меня, замечу вам мимоходом, маточка, почти всегда в заплатках, да и подметки, по правде сказать, отстают иногда весьма неблагопристойно. Ну что тогда б было, когда бы все узнали, что вот у сочинителя Девушкина сапоги в заплатках! Какая-нибудь там контесса-дюшесса узнала бы, ну что бы она-то, душка, сказала? Она-то, может быть, и не заметила бы; ибо, как я полагаю, контессы не занимаются сапогами, к тому же чиновничьими сапогами (потому что ведь сапоги сапогам рознь), да ей бы рассказали про всё, свои бы приятели меня выдали. Да вот Ратазяев бы первый выдал; он к графине В. ездит; говорит, что каждый раз бывает у ней, и запросто бывает. Говорит, душка такая она, литературная, говорит, дама такая. Петля этот Ратазяев!

Да, впрочем, довольно об этой материи; я ведь это всё так пишу, ангельчик мой, ради баловства, чтобы вас потешить. Прощайте, голубчик мой! Много я вам тут настрочил, но это собственно оттого, что я сегодня в самом веселом душевном расположении. Обедали-то мы все вместе сегодня у Ратазяева, так (шалуны они, маточка!) пустили в ход такой романеи... ну да уж что вам писать об этом! Вы только смотрите не придумайте там чего про меня, Варенька. Я ведь это всё так. Книжек пришлю, непременно пришлю... Ходит здесь по рукам Поль де Кока одно сочинение, только Поль де Кока-то вам, маточка, и не будет... Ни-ни! для вас Поль де Кок не годится. Говорят про него, маточка, что он всех критиков петербургских в благородное негодование приводит. Посылаю вам фунтик конфеток, — нарочно для вас купил. Скушайте, душечка, да при каждой конфетке меня поминайте. Только леденец-то вы не грызите, а так пососите его только, а то зубки разболятся. А вы, может быть, и цукаты любите? — вы напишите.

Ну, прощайте же, прощайте. Христос с вами, голубчик мой. А я пребуду навсегда

вашим вернейшим другом

Макаром Девушкиным.

Июня 27.

Милостивый государь, Макар Алексеевич!

Федора говорит, что если я захочу, то некоторые люди с удовольствием примут участие в моем положении и выхлопочут мне очень хорошее место в один дом, в гувернантки. Как вы думаете, друг мой, — идти или нет? Конечно, я вам тогда не буду в тягость, да и место, кажется, выгодное; но, с другой стороны, как-то жутко идти в незнакомый дом. Они какие-то помещики. Станут обо мне узнавать, начнут расспрашивать, любопытствовать — ну что я скажу тогда? К тому же я такая нелюдимка, дикарка; люблю пообжиться в привычном углу надолго. Как-то лучше там, где привыкнешь: хоть и с горем пополам живешь, а все-таки лучше. К тому же на выезд; да еще бог знает, какая должность будет; может быть, просто детей нянчить заставят. Да и люди-то такие: меняют уж третью гувернантку в два года. Посоветуйте же мне, Макар Алексеевич, ради бога, идти или нет? Да что вы никогда сами не зайдете ко мне? изредка только глаза покажете. Почти только по воскресеньям у обедни и видимся. Экой же вы нелюдим какой! Вы точно как я! А ведь я вам почти родная. Не любите вы меня, Макар Алексеевич, а мне иногда одной очень грустно бывает. Иной раз, особенно в сумерки, сидишь себе одна-одинешенька. Федора уйдет куда-нибудь. Сидишь, думаешь-думаешь, — вспоминаешь всё старое, и радостное, и грустное, — всё идет перед глазами, всё мелькает, как из тумана. Знакомые лица являются (я почти наяву начинаю видеть), — матушку вижу чаще всего... А какие бывают сны у меня! Я чувствую, что здоровье мое расстроено; я так слаба; вот и сегодня, когда вставала утром с постели, мне дурно сделалось; сверх того, у меня такой дурной кашель! Я чувствую, я знаю, что скоро умру. Кто-то меня похоронит? Кто-то за гробом моим пойдет? Кто-то обо мне пожалеет?.. И вот придется, может быть, умереть в чужом месте, в чужом доме, в чужом углу!.. Боже мой, как грустно жить, Макар Алексеевич! Что вы меня, друг мой, всё конфетами кормите? Я, право, не знаю, откудова вы денег столько берете? Ах, друг мой, берегите деньги, ради бога, берегите их. Федора продает ковер, который я вышила; дают пятьдесят рублей ассигнациями. Это очень хорошо: я думала, меньше будет. Я Федоре дам три целковых да себе сошью платьице, так, простенькое, потеплее. Вам жилетку сделаю, сама сделаю и материи хорошей выберу.

Федора мне достала книжку — «Повести Белкина», которую вам посылаю, если захотите читать. Пожалуйста, только не запачкайте и не задержите: книга чужая; это Пушкина сочинение. Два года тому назад мы читали эти повести вместе с матушкой, и теперь мне так грустно было их перечитывать. Если у вас есть какие-нибудь книги, то пришлите мне, — только в таком случае, когда вы их не от Ратазяева получили. Он, наверно, даст своего сочинения, если он что-нибудь напечатал. Как это вам нравятся его сочинения, Макар Алексеевич? Такие пустяки… Ну, прощайте! как я заболталась! Когда мне грустно, так я рада болтать, хоть об чем-нибудь. Это лекарство: тотчас легче сделается, а особливо если выскажешь всё, что лежит на сердце. Прощайте, прощайте, мой друг!

Ваша

В. Д.

Июня 28.

Маточка, Варвара Алексеевна!

Полно кручиниться! Как же это не стыдно вам! Ну полноте, ангельчик мой; как это вам такие мысли приходят? Вы не больны, душечка, вовсе не больны; вы цветете, право цветете; бледненьки немножко, а все-таки цветете. И что это у вас за сны да за видения такие! Стыдно, голубчик мой, полноте; вы плюньте на сны-то эти, просто плюньте. Отчего же я сплю хорошо? Отчего же мне ничего не делается? Вы посмотрите-ка на меня, маточка. Живу себе, сплю покойно, здоровехонек, молодец молодцом, любо смотреть. Полноте, полноте, душечка, стыдно. Исправьтесь. Я ведь головку-то вашу знаю, маточка, чуть что-нибудь найдет, вы уж и пошли мечтать да тосковать о чем-то. Ради меня перестаньте, душенька. В люди идти? — никогда! Нет, нет и нет! Да и что это вам думается такое, что это находит на вас? Да еще и на выезд! Да нет же, маточка, не позволю, вооружаюсь всеми силами против такого намерения. Мой фрак старый продам и в одной рубашке стану ходить по улицам, а уж вы у нас нуждаться не будете. Нет, Варенька, нет; уж я знаю вас! Это блажь, чистая блажь! А что верно, так это то, что во всем Федора одна виновата: она, видно, глупая баба, вас на всё надоумила. А вы ей, маточка, не верьте. Да вы еще, верно, не знаете всего-то, душенька?.. Она баба глупая, сварливая, вздорная; она и мужа своего покойника со свету выжила. Или она, верно, вас рассердила там как-нибудь? Нет, нет, маточка, ни за что! И я-то как же буду тогда, что мне-то останется делать? Нет, Варенька, душенька, вы это из головки-то выкиньте. Чего вам недостает у нас? Мы на вас не нарадуемся, вы нас любите — так и живите себе там смирненько; шейте или читайте, а пожалуй, и не шейте, — всё равно, только с нами живите. А то вы сами посудите, ну на что это будет похоже тогда?.. Вот я вам книжек достану, а потом, пожалуй, и опять куда-нибудь гулять соберемся. Только вы-то полноте, маточка, полноте, наберитесь ума и из пустяков не блажите! Я к вам приду, и в весьма скором времени, только вы за это мое прямое и откровенное признание примите: нехорошо, душенька, очень нехорошо! Я, конечно, неученый человек и сам знаю, что неученый, что на медные деньги учился, да я не к тому и речь клоню, не во мне тут и дело-то, а за Ратазяева заступлюсь, воля ваша. Он мне друг, потому я за него и заступлюсь. Он хорошо пишет, очень, очень и опять-таки очень хорошо пишет. Не соглашаюсь я с вами и никак не могу согласиться. Писано цветисто, отрывисто, с фигурами, разные мысли есть; очень хорошо! Вы, может быть, без чувства читали, Варенька, или не в духе были, когда читали, на Федору за что-нибудь рассердились, или что-нибудь у вас там нехорошее вышло. Нет, вы прочтите-ка это с чувством, получше, когда вы довольны и веселы и в расположении духа приятном находитесь, вот, например, когда конфетку во рту держите, — вот когда прочтите. Я не спорю (кто же против этого), есть и лучше Ратазяева писатели, есть даже и очень лучшие, но и они хороши, и Ратазяев хорош; они хорошо пишут, и он хорошо пишет. Он себе особо, он так себе пописывает, и очень хорошо делает, что пописывает. Ну, прощайте, маточка; писать более не могу; нужно спешить, дело есть. Смотрите же, маточка, ясочка ненаглядная, успокойтесь, и господь да пребудет с вами, а я пребываю вашим верным другом

Макаром Девушкиным.

P. S. Спасибо за книжку, родная моя, прочтем и Пушкина; а сегодня я, повечеру, непременно зайду к вам.

Июля 1.

Дорогой мой Макар Алексеевич!

Нет, друг мой, нет, мне не житье между вами. Я раздумала и нашла, что очень дурно делаю, отказываясь от такого выгодного места. Там будет у меня по крайней мере хоть верный кусок хлеба; я буду стараться, я заслужу ласку чужих людей, даже постараюсь переменить свой характер, если будет надобно. Оно, конечно, больно и тяжело жить между чужими, искать чужой милости, скрываться и принуждать себя, да бог мне поможет. Не оставаться же век нелюдимкой. Со мною уж бывали такие же случаи. Я помню, когда я, бывало, еще маленькая, в пансион хаживала. Бывало, всё воскресенье дома резвишься, прыгаешь, иной раз и побранит матушка, — всё ничего, всё хорошо на сердце, светло на душе. Станет подходить вечер, и грусть нападет смертельная, нужно в девять часов в пансион идти, а там всё чужое, холодное, строгое, гувернантки по понедельникам такие сердитые, так и щемит, бывало, за душу, плакать хочется; пойдешь в уголок и поплачешь одна-одинешенька, слезы скрываешь, — скажут, ленивая; а я вовсе не о том и плачу, бывало, что учиться надобно. Ну, что ж? я привыкла, и потом, когда выходила из пансиона, так тоже плакала, прощаясь с подружками. Да и нехорошо я делаю, что живу в тягость обоим вам. Эта мысль — мне мученье. Я вам откровенно говорю всё это, потому что привыкла быть с вами откровенною. Разве я не вижу, как Федора встает каждый день раным-ранехонько, да за стирку свою принимается и до поздней ночи работает? — а старые кости любят покой. Разве я не вижу, что вы на меня разоряетесь, последнюю копейку ребром ставите да на меня ее тратите? не с вашим состоянием, мой друг! Пишете вы, что последнее продадите, а меня в нужде не оставите. Верю, друг мой, я верю в ваше доброе сердце — но это вы теперь так говорите. Теперь у вас есть деньги неожиданные, вы получили награждение; но потом что будет, потом? Вы знаете сами — я больная всегда; я не могу так же, как и вы, работать, хотя бы душою рада была, да и работа не всегда бывает. Что же мне остается? Надрываться с тоски, глядя на вас обоих, сердечных. Чем я могу оказать вам хоть малейшую пользу? И отчего я вам так необходима, друг мой? Что я вам хорошего сделала? Я только привязана к вам всею душою, люблю вас крепко, сильно, всем сердцем, но — горька судьба моя! — я умею любить и могу любить, но только, а не творить добро, не платить вам за ваши благодеяния. Не держите же меня более, подумайте и скажите ваше последнее мнение. В ожидании пребываю

вас любящая

В. Д.

Июля 1.

Блажь, блажь, Варенька, просто блажь! Оставь вас так, так вы там головкой своей и чего-чего не передумаете. И то не так и это не так! А я вижу теперь, что это всё блажь. Да чего же вам недостает у нас, маточка, вы только это скажите! Вас любят, вы нас любите, мы все довольны и счастливы — чего же более? Ну, а что вы в чужих-то людях будете делать? Ведь вы, верно, еще не знаете, что такое чужой человек?.. Нет, вы меня извольте-ка порасспросить, так я вам скажу, что такое чужой человек. Знаю я его, маточка, хорошо знаю; случалось хлеб его есть. Зол он, Варенька, зол, уж так зол, что сердечка твоего недостанет, так он его истерзает укором, попреком да взглядом дурным. У нас вам тепло, хорошо,

— словно в гнездышке приютились. Да и нас-то вы как без головы оставите. Ну что мы будем делать без вас; что я, старик, буду делать тогда? Вы нам не нужны? Не полезны? Как не полезны? Нет, вы, маточка, сами рассудите, как же вы не полезны? Вы мне очень полезны, Варенька. Вы этакое влияние имеете благотворное... Вот я об вас думаю теперь, и мне весело... Я вам иной раз письмо напишу и все чувства в нем изложу, на что подробный ответ от вас получаю. Гардеробцу вам накупил, шляпку сделал; от вас комиссия подчас выходит какая-нибудь, я и комиссию... Нет, как же вы не полезны? Да и что я один буду делать на старости, на что годиться буду? Вы, может быть, об этом и не подумали, Варенька; нет, вы именно об этом подумайте — что вот, дескать, на что он будет без меня-то годиться? Я привык к вам, родная моя. А то что из этого будет? Пойду к Неве, да и дело с концом. Да, право же, будет такое, Варенька; что же мне без вас делать останется! Ах, душечка моя, Варенька! Хочется, видно, вам, чтобы меня ломовой извозчик на Волково свез; чтобы какая-нибудь там нищая старуха-пошлепница одна мой гроб провожала, чтобы меня там песком засыпали, да прочь пошли, да одного там оставили. Грешно, грешно, маточка! Право, грешно, ей-богу, грешно! Отсылаю вам вашу книжку, дружочек мой, Варенька, и если вы, дружочек мой, спросите мнения моего насчет вашей книжки, то я скажу, что в жизнь мою не случалось мне читать таких славных книжек. Спрашиваю я теперь себя, маточка, как же это я жил до сих пор таким олухом, прости господи? Что делал? Из каких я лесов? Ведь ничего-то я не знаю, маточка, ровно ничего не знаю! совсем ничего не знаю!

Я вам, Варенька, спроста скажу, — я человек неученый; читал я до сей поры мало, очень мало читал, да почти ничего: «Картину человека», умное сочинение, читал; «Мальчика, наигрывающего разные штучки на колокольчиках» читал да «Ивиковы журавли», — вот только и всего, а больше ничего никогда не читал. Теперь я «Станционного смотрителя» здесь в вашей книжке прочел; ведь вот скажу я вам, маточка, случается же так, что живешь, а не знаешь, что под боком там у тебя книжка есть, где вся-то жизнь твоя как по пальцам разложена. Да и что самому прежде невдогад было, так вот здесь, как начнешь читать в такой книжке, так сам всё помаленьку и припомнишь, и разыщешь, и разгадаешь. И наконец, вот отчего еще я полюбил вашу книжку: иное творение, какое гам ни есть, читаешь-читаешь, иной раз хоть тресни — так хитро, что как будто бы его и не понимаешь. Я, например, — я туп, я от природы моей туп, так я не могу слишком важных сочинений читать; а это читаешь, — словно сам написал, точно это, примерно говоря, мое собственное сердце, какое уж оно там ни есть, взял его, людям выворотил изнанкой, да и описал всё подробно — вот как! Да и дело-то простое, бог мой; да чего! право, и я так же бы написал; отчего же бы и не написал? Ведь я то же самое чувствую, вот совершенно так, как и в книжке, да я и сам в таких же положениях подчас находился, как, примерно сказать, этот Самсон-то Вырин, бедняга. Да и сколько между нами-то ходит Самсонов Выриных, таких же горемык сердечных! И как ловко описано всё! Меня чуть слезы не прошибли, маточка, когда я прочел, что он спился, грешный, гак, что память потерял, горьким сделался и спит себе Целый день под овчинным тулупом, да горе пушиком захлебывает, да плачет жалостно, грязной полою глаза утирая, когда вспоминает о заблудшей овечке своей, об дочке Дуняше! Нет, это натурально! Вы прочтите-ка; это натурально! это живет! Я сам это видал, — это вот всё около меня живет; вот хоть Тереза — да чего далеко ходить! — вот хоть бы и наш бедный чиновник, — ведь он, может быть, такой же Самсон Вырин, только у него другая фамилия, Горшков. Дело-то оно общее, маточка, и над вами и надо мной может случиться. И граф, что на Невском или на набережной живет, и он будет то же самое, так только казаться будет другим, потому что у них всё по-своему, по высшему тону, но и он будет то же самое, всё может случиться, и со мною то же самое может случиться. Вот оно что, маточка, а вы еще тут от нас отходить хотите; да ведь грех, Варенька, может застигнуть меня. И себя и меня сгубить можете, родная моя. Ах, ясочка вы моя, выкиньте, ради бога, из головки своей все эти вольные мысли и не терзайте меня напрасно. Ну где же, птенчик вы мой слабенький, неоперившийся, где же вам самое себя прокормить, от погибели себя удержать, от злодеев защититься! Полноте, Варенька, поправьтесь; вздорных советов и наговоров не слушайте, а книжку вашу еще раз прочтите, со вниманием прочтите: вам это пользу принесет.

Говорил я про «Станционного смотрителя» Ратазяеву. Он мне сказал, что это всё старое и что теперь всё пошли книжки с картинками и с разными описаниями; уж я, право, в толк не взял хорошенько, что он тут говорил такое. Заключил же, что Пушкин хорош и что он святую Русь прославил, и много еще мне про него говорил. Да, очень хорошо, Варенька, очень хорошо; прочтите-ка книжку еще раз со вниманием, советам моим последуйте и послушанием своим меня, старика, осчастливьте. Тогда сам господь наградит вас, моя родная, непременно наградит.

Ваш искренний друг

Макар Девушкин.

Июля 6.

Милостивый государь, Макар Алексеевич!

Федора принесла мне сегодня пятнадцать рублей серебром. Как она была рада, бедная, когда я ей три целковых дала! Пишу вам наскоро. Я теперь крою вам жилетку, — прелесть какая материя, — желтенькая с цветочками. Посылаю вам одну книжку; тут всё разные повести; я прочла кое-какие; прочтите одну из них под названием «Шинель». Вы меня уговариваете в театр идти вместе с вами; не дорого ли это будет? Разве уж куда-нибудь в галерею. Я уж очень давно не была в театре, да и, право, не помню когда. Только опять всё боюсь, не дорого ли будет стоить эта затея? Федора только головой покачивает. Она говорит, что вы совсем не по достаткам жить начали; да я и сама это вижу; сколько вы на меня одну истратили! Смотрите, друг мой, не было бы беды. Федора и так мне говорила про какие-то слухи — что вы имели, кажется, спор с вашей хозяйкой за неуплату ей денег; я очень боюсь за вас. Ну, прощайте; я спешу. Дело есть маленькое; я переменяю ленты на шляпке.

В. Д.

P. S. Знаете ли, если мы пойдем в театр, то я надену мою новенькую шляпку, а на плеча черную мантилью. Хорошо ли это будет?

Июля 7.

Милостивая государыня. Варвара Алексеевна!

…Так вот я всё про вчерашнее. Да, маточка, и на нас в оно время блажь находила. Врезался в эту актрисочку, по уши врезался, да это бы еще ничего; а самое-то чудное то, что я ее почти совсем не видал и в театре был всего один раз, а при всем том врезался. Жили тогда со мною стенка об стенку человек пятеро молодого, раззадорного народу. Сошелся я с ними, поневоле сошелся, хотя всегда был от них в пристойных границах. Ну, чтобы не отстать, я и сам им во всем поддакиваю. Насказали они мне об этой актриске! Каждый вечер, как только театр идет, вся компания — на нужное у них никогда гроша не бывало — вся компания отправлялась в театр, в галерею, и уж хлопают-хлопают, вызывают-вызывают эту актриску — просто беснуются! А потом и заснуть не дадут; всю ночь напролет об ней толкуют, всякий ее своей Глашей зовет, все в одну в нее влюблены, у всех одна канарейка на сердце. Раззадорили они и меня, беззащитного; я тогда еще молоденек был. Сам не знаю, как очутился я с ними в театре, в четвертом ярусе, в галерее. Видеть-то я один только краешек занавески видел, зато всё слышал. У актрисочки, точно, голосок был хорошенький, — звонкий, соловьиный, медовый! Мы все руки у себя отхлопали, кричали-кричали, — одним словом, до нас чуть не добрались, одного уж и вывели, правда. Пришел я домой, — как в чаду хожу! в кармане только один целковый рубль оставался, а до жалованья еще добрых дней десять. Так как бы вы думали, маточка? На другой день, прежде чем на службу идти, завернул я к парфюмеру-французу, купил у него духов каких-то да мыла благовонного на весь капитал — уж и сам не знаю, зачем я тогда накупил всего этого? Да и не обедал дома, а всё мимо ее окон ходил. Она жила на Невском, в четвертом этаже. Пришел домой, часочек какой-нибудь там отдохнул и опять на Невский пошел, чтобы только мимо ее окошек пройти. Полтора месяца я ходил таким образом, волочился за нею; извозчиков-лихачей нанимал поминутно и всё мимо ее окон концы давал; замотался совсем, задолжал, а потом уж и разлюбил ее: наскучило! Так вот что актриска из порядочного человека сделать в состоянии, маточка! Впрочем, молоденек-то я, молоденек был тогда!..

М. Д.

Июля 8.

Милостивая государыня моя, Варвара Алексеевна!

Книжку вашу, полученную мною 6-го сего месяца спешу возвратить вам и вместе с тем спешу в сем письме моем объясниться с вами. Дурно, маточка, дурно то, что вы меня в такую крайность поставили. Позвольте, маточка: всякое состояние определено всевышним на долю человеческую Тому определено быть в генеральских эполетах, этому служить титулярным советником; такому-то повелевать, а такому-то безропотно и в страхе повиноваться. Это уже по способности человека рассчитано; иной на одно способен, а другой на другое, а способности устроены самим богом. Состою я уже около тридцати лет на службе; служу безукоризненно, поведения трезвого, в беспорядках никогда не замечен. Как гражданин, считаю себя, собственным сознанием моим, как имеющего свои недостатки, но вместе с тем и добродетели. Уважаем начальством, и сами его превосходительство мною довольны; и хотя еще они доселе не оказывали мне особенных знаков благорасположения, но я знаю, что они довольны. Дожил до седых волос; греха за собою большого не знаю. Конечно, кто же в малом не грешен? Всякий грешен, и даже вы грешны, маточка! Но в больших проступках и продерзостях никогда не замечен, чтобы этак против постановлений что-нибудь или в нарушении общественного спокойствия, в этом я никогда не замечен, этого не было; даже крестик выходил — ну да уж что! Всё это вы по совести должны бы были знать, маточка, и он должен бы был знать; уж как взялся описывать, так должен бы был всё знать. Нет, я этого не ожидал от нас, маточка; нет, Варенька! Вот от вас-то именно такого и не ожидал.

Как! Так после этого и жить себе смирно нельзя, в уголочке своем, — каков уж он там ни есть, — жить воды не замутя, по пословице, никого не трогая, зная страх божий да себя самого, чтобы и тебя не затронули, чтобы и в твою конуру не пробрались да не подсмотрели — что, дескать, как ты себе там по-домашнему, что вот есть ли, например, у тебя жилетка хорошая, водится ли у тебя что следует из нижнего платья; есть ли сапоги, да и чем подбиты они; что ешь, что пьешь, что переписываешь?.. Да и что же тут такого, маточка, что вот хоть бы и я, где мостовая плоховата, пройду иной раз на цыпочках, что я сапоги берегу! Зачем писать про другого, что вот де он иной раз нуждается, что чаю не пьет? А точно все и должны уж так непременно чай пить! Да разве я смотрю в рот каждому, что, дескать, какой он там кусок жует? Кого же я обижал таким образом? Нет, маточка, зачем же других обижать, когда тебя не затрогивают! Ну, и вот вам пример, Варвара Алексеевна, вот что значит оно: служишь-служишь, ревностно, усердно, — чего! — и начальство само тебя уважает (уж как бы там ни было, а все-таки уважает), — и вот кто-нибудь под самым носом твоим, безо всякой видимой причины, ни с того ни с сего, испечет тебе пасквиль. Конечно, правда, иногда сошьешь себе что-нибудь новое, — радуешься, не спишь, а радуешься, сапоги новые, например, с таким сладострастием надеваешь — это правда, я ощущал, потому что приятно видеть свою ногу в тонком щегольском сапоге, — это верно описано! Но я все-таки истинно удивляюсь, как Федор-то Федорович без внимания книжку такую пропустили и за себя не вступились. Правда, что он еще молодой сановник и любит подчас покричать; но отчего же и не покричать? Отчего же и не распечь, коли нужно нашего брата распечь. Ну да положим и так, например, для тона распечь — ну и для тона можно; нужно приучать; нужно острастку давать; потому что — между нами будь это, Варенька, — наш брат ничего без острастки не сделает, всякий норовит только где-нибудь числиться, что вот, дескать, я там-то и там-то, а от дела-то бочком да стороночкой. А так как разные чины бывают и каждый чин требует совершенно соответственной по чину распеканции, то естественно, что после этого и тон распеканции выходит разночинный, — это в порядке вещей! Да ведь на том и свет стоит, маточка, что все мы один перед другим тону задаем, что всяк из нас один другого распекает. Без этой предосторожности и свет бы не стоял и порядка бы не было. Истинно удивляюсь, как Федор Федорович такую обиду пропустили без внимания!

И для чего же такое писать? И для чего оно нужно? Что мне за это шинель кто-нибудь из читателей сделает, что ли? Сапоги, что ли, новые купит? Нет, Варенька, прочтет да еще продолжения потребует. Прячешься иногда, прячешься, скрываешься в том, чем не взял, боишься нос подчас показать — куда бы там ни было, потому что пересуда трепещешь, потому что из всего, что ни есть на свете, из всего тебе пасквиль сработают, и вот уж вся гражданская и семейная жизнь твоя по литературе ходит, всё напечатано, прочитано, осмеяно, пересужено!

Да тут и на улицу нельзя показаться будет; ведь тут это всё так доказано, что нашего брата по одной походке узнаешь теперь. Ну, добро бы он под концом-то хоть исправился, что-нибудь бы смягчил, поместил бы, например, хоть после того пункта, как ему бумажки на голову сыпали: что вот, дескать, при всем этом он был добродетелен, хороший гражданин, такого обхождения от своих товарищей не заслуживал, послушествовал старшим (тут бы пример можно какой-нибудь), никому зла не желал, верил в бога и умер (если ему хочется, чтобы он уж непременно умер) — оплаканный. А лучше всего было бы не оставлять его умирать, беднягу, а сделать бы так, чтобы шинель его отыскалась, чтобы тот генерал, узнавши подробнее об его добродетелях, перепросил бы его в свою канцелярию, повысил чином и дал бы хороший оклад жалованья, так что, видите ли, как бы это было: зло было бы наказано, а добродетель восторжествовала бы, и канцеляристы-товарищи все бы ни с чем и остались. Я бы, например, так сделал; а то что тут у него особенного, что у него тут хорошего? Так, пустой какой-то пример из вседневного, подлого быта. Да и как вы-то решились мне такую книжку прислать, родная моя. Да ведь это злонамеренная книжка, Варенька; это просто неправдоподобно, потому что и случиться не может, чтобы был такой чиновник. Да ведь после такого надо жаловаться, Варенька, формально жаловаться.

Покорнейший слуга ваш

Макар Девушкин.

Июля 27.

Милостивый государь, Макар Алексеевич!

Последние происшествия и письма ваши испугали, поразили меня и повергли в недоумение, а рассказы Федоры объяснили мне всё. Но зачем же было так отчаиваться и вдруг упасть в такую бездну, в какую вы упали, Макар Алексеевич? Ваши объяснения вовсе не удовольствовали меня. Видите ли, была ли я права, когда настаивала взять то выгодное место, которое мне предлагали? К тому же и последнее мое приключение пугает меня не на шутку. Вы говорите, что любовь ваша ко мне заставила вас таиться от меня. Я и тогда уже видела, что многим обязана вам, когда вы уверяли, что издерживаете на меня только запасные деньги свои, которые, как говорили, у вас в ломбарде на всякий случай лежали. Теперь же, когда я узнала, что у вас вовсе не было никаких денег, что вы, случайно узнавши о моем бедственном положении и тронувшись им, решились издержать свое жалованье, забрав его вперед, и продали даже свое платье, когда я больна была, — теперь я, открытием всего этого, поставлена в такое мучительное положение, что до сих пор не знаю, как принять все это и что думать об этом. Ах! Макар Алексеевич! вы должны были остановиться на первых благодеяниях своих, внушенных вам состраданием и родственною любовью, а не расточать деньги впоследствии на ненужное. Вы изменили дружбе нашей, Макар Алексеевич, потому что не были откровенны со мною, и теперь, когда я вижу, что ваше последнее пошло мне на наряды, на конфеты, на прогулки, на театр и на книги, — то за всё это я теперь дорого плачу сожалением о своей непростительной ветрености (ибо я принимала от вас всё, не заботясь о вас самих); и всё то, чем вы хотели доставить мне удовольствие, обратилось теперь в горе для меня и оставило по себе одно бесполезное сожаление. Я заметила вашу тоску в последнее время, и хотя сама тоскливо ожидала чего-то, но то, что случилось теперь, мне и в ум не входило. Как! вы до такой уже степени могли упасть духом, Макар Алексеевич! Но что теперь о вас подумают, что теперь скажут о вас все, кто вас знает? Вы, которого я и все уважали за доброту души, скромность и благоразумие, вы теперь вдруг впали в такой отвратительный порок, в котором, кажется, никогда не были замечены прежде. Что со мною было, когда Федора рассказала мне, что вас нашли на улице в нетрезвом виде и привезли на квартиру с полицией! Я остолбенела от изумления, хотя и ожидала чего-то необыкновенного, потому что вы четыре дня пропадали. Но подумали ли вы, Макар Алексеевич, что скажут ваши начальники, когда узнают настоящую причину вашего отсутствия? Вы говорите, что над вами смеются все; что все узнали о нашей связи и что и меня упоминают в насмешках своих соседи ваши. Не обращайте внимания на это, Макар Алексеевич, и, ради бога, успокойтесь. Меня пугает еще ваша история с этими офицерами; я об ней темно слышала. Растолкуйте мне, что это всё значит? Пишете вы, что боялись открыться мне, боялись потерять вашим признанием мою дружбу, что были в отчаянии, не зная, чем помочь мне в моей болезни, что продали всё, чтобы поддержать меня и не пускать в больницу, что задолжали сколько возможно задолжать и имеете каждый день неприятности с хозяйкой, — но, скрывая всё это от меня, вы выбрали худшее. Но ведь теперь же я всё узнала. Вы совестились заставить меня сознаться, что я была причиною вашего несчастного положения, а теперь вдвое более принесли мне горя своим поведением. Всё это меня поразило, Макар Алексеевич. Ах, друг мой! несчастие — заразительная болезнь. Несчастным и бедным нужно сторониться друг от друга, чтоб еще более не заразиться. Я принесла вам такие несчастия, которых вы и не испытывали прежде в вашей скромной и уединенной жизни. Всё это мучит и убивает меня.

Напишите мне теперь всё откровенно, что с вами было и как вы решились на такой поступок. Успокойте меня, если можно. Не самолюбие заставляет меня писать теперь о моем спокойствии, но моя дружба и любовь к вам, которые ничем не изгладятся из моего сердца. Прощайте. Жду ответа вашего с нетерпением. Вы худо думали обо мне, Макар Алексеевич.

Вас сердечно любящая

Варвара Доброселова.

Июля 28.

Бесценная моя Варвара Алексеевна!

Ну уж, как теперь всё кончено и всё мало-помалу приходит в прежнее положение, то вот что скажу я вам, маточка: вы беспокоитесь об том, что обо мне подумают, на что спешу объявить вам, Варвара Алексеевна, что амбиция моя мне дороже всего. Вследствие чего и донося вам об несчастиях моих и всех этих беспорядках, уведомляю вас, что из начальства еще никто ничего не знает, да и не будет знать, так что они все будут питать ко мне уважение по-прежнему. Одного боюсь: сплетен боюсь. Дома у нас хозяйка кричит, а теперь, когда я с помощию ваших десяти рублей уплатил ей часть долга, только ворчит, а более ничего. Что же касается до прочих, то и они ничего; у них только не нужно денег взаймы просить, а то и они ничего. А в заключение объяснений моих скажу вам, маточка, что ваше уважение ко мне считаю я выше всего на свете и тем утешаюсь теперь во временных беспорядках моих. Слава богу, что первый удар и первые передряги миновали и вы приняли это так, что не считаете меня вероломным другом и себялюбцем за то, что я вас у себя держал и обманывал вас, не в силах будучи с вами расстаться и любя вас, как моего ангельчика. Рачительно теперь принялся за службу и должность свою стал исправлять хорошо. Евстафий Иванович хоть бы слово сказал, когда я мимо их вчера проходил. Не скрою от вас, маточка, что убивают меня долги мои и худое положение моего гардероба, но это опять ничего, и об этом тоже, молю вас — не отчаивайтесь, маточка. Посылаете мне еще полтинничек, Варенька, и этот полтинничек мне мое сердце пронзил. Так так-то оно теперь стало, так вот оно как! то есть это не я, старый дурак, вам, ангельчику, помогаю, а вы, сироточка моя бедненькая, мне! Хорошо сделала Федора, что достала денег. Я покамест не имею надежд никаких, маточка, на получение, а если чуть возродятся какие-нибудь надежды, то отпишу вам обо всем подробно. Но сплетни, сплетни меня беспокоят более всего. Прощайте, мой ангельчик. Целую вашу ручку и умоляю вас выздоравливать. Пишу оттого не подробно, что в должность спешу, ибо старанием и рачением хочу загладить все вины мои в упущении по службе; дальнейшее же повествование о всех происшествиях и о приключении с офицерами откладываю до вечера.

Вас уважающий и вас сердечно любящий

Макар Девушкин.

Июля 28.

Эх, Варенька, Варенька! Вот именно-то теперь грех на вашей стороне и на совести вашей останется. Письмецом-то своим вы меня с толку последнего сбили, озадачили, да уж только теперь, как я на досуге во внутренность сердца моего проник, так и увидел, что прав был, совершенно был прав. Я не про дебош мой говорю (ну его, маточка, ну его!), а про то, что я люблю вас и что вовсе не неблагоразумно мне было любить вас, вовсе не неблагоразумно. Вы, маточка, не знаете ничего; а вот если бы знали только, отчего это всё, отчего это я должен вас любить, так вы бы не то сказали. Вы это всё резонное-то только так говорите, а я уверен, что на сердце-то у вас вовсе не то.

Маточка моя, я и сам-то не знаю и не помню хорошо всего, что было у меня с офицерами. Нужно вам заметить, ангельчик мой, что до того времени я был в смущении ужаснейшем. Вообразите себе, что уже целый месяц, так сказать, на одной ниточке крепился. Положение было пребедственное. От вас-то я скрывался, да и дома тоже, но хозяйка моя шуму и крику наделала. Оно бы мне и ничего Пусть бы кричала баба негодная, да одно то, что срам, а второе то, что она, господь ее знает как, об нашей связи узнала и такое про нее на весь дом кричала, что я обомлела и уши заткнул. Да дело-то в том, что другие свои ушей не затыкали, а, напротив, развесили их. Я и теперь маточка, куда мне деваться, не знаю... И вот, ангельчик мой, всё-то это, весь-то этот сброд всяческого бедствия и доконал меня окончательно. Вдруг странные вещи слышу я от Федоры, что в дом к вам явился недостойный искатель и оскорбил вас недостойным предложением; что он вас оскорбил, глубоко оскорбил, я по себе сужу, маточка, потому что и я сам глубоко оскорбился.

Тут-то я, ангельчик вы мой, и свихнулся, тут-то я и потерялся и пропал совершенно. Я, друг вы мой, Варенька, выбежал в бешенстве каком-то неслыханном, я к нему хотел идти, греховоднику; я уж и не знал, что я делать хотел, потому что я не хочу, чтобы вас, ангельчика моего, обижали! Ну, грустно было! а на ту пору дождь, слякоть, тоска была страшная!.. Я было уж воротиться хотел... Тут-то я и пал, маточка. Я Емелю встретил, Емельяна Ильича, он чиновник, то есть был чиновник, а теперь уж не чиновник, потому что его от нас выключили. Он уж я и не знаю, что делает, как-то там мается; вот мы с ним и пошли. Тут — ну, да что вам, Варенька, ну, весело, что ли, про несчастия друга своего читать, бедствия его и историю искушений, им претерпенных? На третий день, вечером, уж что Емеля подбил меня, я и пошел к нему, к офицеру-то. Адрес-то я у нашего дворника спросил. Я, маточка, уж если к слову сказать пришлось, давно за этим молодцом примечал; следил его, когда еще он в доме у нас квартировал. Теперь-то я вижу, что я неприличие сделал, потому что я не и своем виде был, когда обо мне ему доложили. Я, Варенька, ничего, по правде, и не помню; помню только, что у него было очень много офицеров, или это двоилось у меня — бог знает. Я не помню также, что я говорил, только я знаю, что я много говорил в благородном негодовании моем. Ну, тут-то меня и выгнали, тут-то меня и с лестницы сбросили, то есть оно не то чтобы совсем сбросили, а только так вытолкали. Вы уж знаете, Варенька, как я воротился; вот оно и всё. Конечно, я себя уронил и амбиция моя пострадала, но ведь этого никто не знает из посторонних-то, никто, кроме вас, не знает; ну, а в таком случае это всё равно что как бы его и не было. Может быть, это и так, Варенька, как вы думаете? Что мне только достоверно известно, так что то, что прошлый год у нас Аксентий Осипович таким же образом дерзнул на личность Петра Петровича, но по секрету, он это сделал по секрету. Он его зазвал в сторожевскую комнату, я это всё в щелочку видел; да уж там он как надобно было и распорядился, но благородным образом, потому что этого никто не видал, кроме меня; ну, а я ничего, то есть я хочу сказать, что я не объявлял никому. Ну, а после этого Петр Петрович и Аксентий Осипович ничего. Петр Петрович, знаете, амбициозный такой, так он и никому не сказал, так что они теперь и кланяются и руки жмут. Я не спорю, я, Варенька, с вами спорить не смею, я глубоко упал и, что всего ужаснее, в собственном мнении своем проиграл, но уж это, верно, мне так на роду было написано, уж это, верно, судьба, — а от судьбы не убежишь, сами знаете. Ну, вот и подробное объяснение несчастий моих и бедствий, Варенька, вот — всё такое, что хоть бы и не читать, так в ту же пору. Я немного нездоров, маточка моя, и всей игривости чувств лишился. Посему теперь, свидетельствуя вам мою привязанность, любовь и уважение, пребываю, милостивая государыня моя, Варвара Алексеевна,

покорнейшим слугою вашим

Макаром Девушкиным.

Июля 29.

Милостивый государь, Макар Алексеевич!

Я прочла ваши оба письма, да так и ахнула! Послушайте, друг мой, вы или от меня умалчиваете что-нибудь и написали мне только часть всех неприятностей ваших, или... право, Макар Алексеевич, письма ваши еще отзываются каким-то расстройством... Приходите ко мне, ради бога, приходите сегодня; да послушайте, вы знаете, уж так прямо приходите к нам обедать. Я уж и не знаю, как вы там живете и как с хозяйкой вашей уладились. Вы об этом обо всем ничего не пишете и как будто с намерением умалчиваете. Так до свидания, друг мой; заходите к нам непременно сегодня; да уж лучше бы вы сделали, если б и всегда приходили к нам обедать. Федора готовит очень хорошо. Прощайте.

Ваша

Варвара Доброселова.

Августа 1.

Матушка, Варвара Алексеевна!

Рады вы, маточка, что бог вам случай послал в свою очередь за добро добром отслужить и меня отблагодарить. Я этому верю, Варенька, и в доброту ангельского сердечка вашего верю, и не в укор вам говорю, — только не попрекайте меня, как тогда, что я на старости лет замотался. Ну, уж был грех такой, что ж делать! — если уж хотите непременно, чтобы тут грех какой был; только вот от вас-то, дружочек мой, слушать такое мне многого стоит! А вы на меня не сердитесь, что я это говорю; у меня в груди-то, маточка, всё изныло. Бедные люди капризны, — это уж так от природы устроено. Я это и прежде чувствовал, а теперь еще больше почувствовал. Он, бедный-то человек, он взыскателен; он и на свет-то божий иначе смотрит, и на каждого прохожего косо глядит, да вокруг себя смущенным взором поводит, да прислушивается к каждому слову, — дескать, не про него ли там что говорят? Что вот, дескать, что же он такой неказистый? что бы он такое именно чувствовал? что вот, например, каков он будет с этого боку, каков будет с того боку? И ведомо каждому, Варенька, что бедный человек хуже ветошки и никакого ни от кого уважения получить не может, что уж там ни пиши! они-то, пачкуны-то эти, что уж там ни пиши! — всё будет в бедном человеке так, как и было. А отчего же так и будет по-прежнему? А оттого, что уж у бедного человека, по-ихнему, всё наизнанку должно быть; что уж у него ничего не должно быть заветного, там амбиции какой-нибудь ни-ни-ни! Вон Емеля говорил намедни, что ему где-то подписку делали, так ему за каждый гривенник, в некотором роде, официальный осмотр делали. Они думали, что они даром свои гривенники ему дают — ан нет: они заплатили за то, что им бедного человека показывали. Нынче, маточка, и благодеяния-то как-то чудно делаются... а может быть, и всегда так делались, кто их знает! Или не умеют они делать, или уж мастера большие — одно из двух. Вы, может быть, этого не знали, ну, так вот вам! В чем другом мы пас, а уж в этом известны! А почему бедный человек знает всё это да думает всё такое? А почему? — ну, по опыту! А оттого, например, что он знает, что есть под боком у него такой господин, что вот идет куда-нибудь к ресторану да говорит сам с собой: что вот, дескать, эта голь чиновник что будет есть сегодня? а я соте-папильйот буду есть, а он, может быть, кашу без масла есть будет. А какое ему дело, что я буду кашу без масла есть? Бывает такой человек, Варенька, бывает, что только об таком и думает. И они ходят, пасквилянты неприличные, да смотрят, что, дескать, всей ли ногой на камень ступаешь али носочком одним; что-де вот у такого то чиновника, такого-то ведомства, титулярного советника, из сапога голые пальцы торчат, что вот у него локти продраны — и потом там себе это всё и описывают и дрянь такую печатают... А какое тебе дело, что у меня локти продраны? Да уж если вы мне простите, Варенька, грубое слово, так я вам скажу, что у бедного человека на этот счет тот же самый стыд, как и у вас, примером сказать, девический. Ведь вы перед всеми — грубое-то словцо мое простите — разоблачаться не станете; вот так точно и бедный человек не любит, чтобы в его конуру заглядывали, что, дескать, каковы-то там его отношения будут семейные, — вот. А то что было тогда обижать меня, Варенька, купно с врагами моими, на честь и амбицию честного человека посягающими!

Да и в присутствии-то я сегодня сидел таким медвежонком, таким воробьем ощипанным, что чуть сам за себя со стыда не сгорел. Стыдненько мне было, Варенька! Да уж натурально робеешь, когда сквозь одежду голые локти светятся да пуговки на ниточках мотаются. А у меня, как нарочно, всё это было в таком беспорядке! Поневоле упадаешь духом. Чего!.. сам Степан Карлович сегодня начал было по делу со мной говорить, говорил-говорил, да как будто невзначай и прибавил: «Эх вы, батюшка Макар Алексеевич!» — да и не договорил остального-то, об чем он думал, а только я уж сам обо всем догадался да так покраснел, что даже лысина моя покраснела. Оно в сущности-то и ничего, да все-таки беспокойно, на размышления наводит тяжкие. Уж не проведали ли чего они! А боже сохрани, ну, как об чем-нибудь проведали! Я, признаюсь, подозреваю, сильно подозреваю одного человечка. Ведь этим злодеям нипочем! выдадут! всю частную твою жизнь ни за грош выдадут; святого ничего не имеется.

Я знаю теперь, чья это штука: это Ратазяева штука. Он с кем-то знаком в нашем ведомстве, да, верно, так, между разговором, и передал ему всё с прибавлениями; или, пожалуй, рассказал в своем ведомстве, а оно выползло в наше ведомство. А в квартире у нас все всё до последнего знают и к вам в окно пальцем показывают; это уж я знаю, что показывают. А как я вчера к вам обедать пошел, то все они из окон повысовывались, а хозяйка сказала, что вот, дескать, черт с младенцем связались, да и вас она назвала потом неприлично. Но всё же это ничто перед гнусным намерением Ратазяева нас с вами в литературу свою поместить и в тонкой сатире нас описать; он это сам говорил, а мне добрые люди из наших пересказали. Я уж и думать ни о чем не могу, маточка, и решиться не знаю на что. Нечего греха таить, прогневили мы господа бога, ангельчик мой! Вы, маточка, мне книжку какую-то хотели, ради скуки, прислать. А ну ее, книжку, маточка! Что она, книжка? Она небылица в лицах! И роман вздор, и для вздора написан, так, праздным людям читать: поверьте мне, маточка, опытности моей многолетней поверьте. И что там, если они вас заговорят Шекспиром каким-нибудь, что, дескать, видишь ли, в литературе Шекспир есть, —так и Шекспир вздор, всё это сущий вздор, и всё для одного пасквиля сделано!

Ваш

Макар Девушкин.

Августа 2.

Милостивый государь, Макар Алексеевич!

Не беспокойтесь ни об чем; даст господь бог, всё уладится. Федора достала и себе и мне кучу работы, и мы превесело принялись за дело; может быть, и всё поправим. Подозревает она, что все мои последние неприятности не чужды Анны Федоровны; но теперь мне всё равно. Мне сегодня как-то необыкновенно весело. Вы хотите занимать деньги, — сохрани вас господи! после не оберетесь беды, когда отдавать будет нужно. Лучше живите-ка с нами покороче, приходите к нам почаще и не обращайте внимания на вашу хозяйку. Что же касается до остальных врагов и недоброжелателей ваших, то я уверена, что вы мучаетесь напрасными сомнениями, Макар Алексеевич! Смотрите, ведь я вам говорила прошедший раз, что у вас слог чрезвычайно неровный. Ну, прощайте, до свиданья. Жду вас непременно к себе.

Ваша

В. Д.

Августа 3.

Ангельчик мой, Варвара Алексеевна!

Спешу вам сообщить, жизнёночек вы мой, что у меня надежды родились кое-какие. Да позвольте, дочечка вы моя, — пишете, ангельчик, чтоб мне займов не делать? Голубчик вы мой, невозможно без них; уж и мне-то худо, да и с вами-то, чего доброго, что-нибудь вдруг да не так! ведь вы слабенькие; так вот я к тому и пишу, что занять-то непременно нужно. Ну, так я и продолжаю.

Замечу вам, Варвара Алексеевна, что в присутствии я сижу рядом с Емельяном Ивановичем. Это не с тем Емельяном, которого вы знаете. Этот, так же как и я, титулярный советник, и мы с ним во всем нашем ведомстве чуть ли не самые старые, коренные служивые. Он добрая душа, бескорыстная душа, да неразговорчивый такой и всегда настоящим медведем смотрит. Зато деловой, перо у него — чистый английский почерк, и если уж всю правду сказать, то не хуже меня пишет, — достойный человек! Коротко мы с ним никогда не сходились, а так только, по обычаю, прощайте да здравствуйте; да если подчас мне ножичек надобился, то, случалось, попрошу — дескать, дайте, Емельян Иванович, ножичка, одним словом, было только то, что общежитием требуется. Вот он и говорит мне сегодня: Макар Алексеевич, что, дескать, вы так призадумались? Я вижу, что добра желает мне человек, да и открылся ему — дескать, так и так, Емельян Иванович, то есть всего не сказал, да и, боже сохрани, никогда не скажу, потому что сказать-то нет духу, а так кое в чем открылся ему, что вот, дескать, стеснен и тому подобное. «А вы бы, батюшка, — говорит Емельян Иванович, — вы бы заняли; вот хоть бы у Петра Петровича заняли, он дает на проценты; я занимал; и процент берет пристойный — неотягчительный». Ну, Варенька, вспрыгнуло у меня сердечко. Думаю-думаю, авось господь ему на душу положит, Петру Петровичу благодетелю, да и даст он мне взаймы. Сам уж и рассчитываю, что вот бы де и хозяйке-то заплатил, и вам бы помог, да и сам бы кругом обчинился, а то такой срам: жутко даже на месте сидеть, кроме того, что вот зубоскалы-то наши смеются, бог с ними! Да и его-то превосходительство мимо нашего стола иногда проходят; ну, сохрани боже, бросят взор на меня да приметят, что я одет неприлично! А у них главное — чистота и опрятность. Они-то, пожалуй, и ничего не скажут, да я-то от стыда умру, — вот как это будет. Вследствие чего я, скрепившись и спрятав свой стыд в дырявый карман, направился к Петру Петровичу и надежды-то полн и ни жив ни мертв от ожидания — всё вместе. Ну, что же, Варенька, ведь всё вздором и кончилось! Он что-то был занят, говорил с Федосеем Ивановичем. Я к нему подошел сбоку, да и дернул его за рукав: дескать, Петр Петрович, а Петр Петрович! Он оглянулся, а я продолжаю: что, дескать, вот так и так, рублей тридцать и т. д. Он сначала было не понял меня, а потом, когда я объяснил ему всё, так он и засмеялся, да и ничего, замолчал. Я опять к нему с тем же. А он мне — заклад у вас есть? А сам уткнулся в свою бумагу, пишет и на меня не глядит. Я немного оторопел. Нет, говорю, Петр Петрович, заклада нет, да и объясняю ему — что вот, дескать, как будет жалованье, так я и отдам, непременно отдам, первым долгом почту. Тут его кто-то позвал, я подождал его, он воротился, да и стал перо чинить, а меня как будто не замечает. А я всё про свое — что, дескать, Петр Петрович, нельзя ли как-нибудь? Он молчит и как будто не слышит, я постоял-постоял, ну, думаю, попробую в последний раз, да и дернул его за рукав. Он хоть бы что-нибудь вымолвил, очинил перо, да и стал писать; я и отошел. Они, маточка, видите ли, может быть, и достойные люди все, да гордые, очень гордые, — что мне! Куда нам до них, Варенька! Я к тому вам и писал всё это. Емельян Иванович тоже засмеялся да головой покачал, зато обнадежил меня, сердечный. Емельян Иванович достойный человек. Обещал он меня рекомендовать одному человеку; человек-то этот, Варенька, на Выборгской живет, тоже дает на проценты, 14-го класса какой-то. Емельян Иванович говорит, что этот уже непременно даст; я завтра, ангельчик мой, пойду, — а? Как вы думаете? Ведь беда не занять! Хозяйка меня чуть с квартиры не гонит и обедать мне давать не соглашается. Да и сапоги-то у меня больно худы, маточка, да и пуговок нет... да того ли еще нет у меня! а ну как из начальства-то кто-нибудь заметит подобное неприличие? Беда, Варенька, беда, просто беда!

Макар Девушкин.

Августа 4.

Любезный Макар Алексеевич!

Ради бога, Макар Алексеевич, как только можно скорее займите сколько-нибудь денег; я бы ни за что не попросила у вас помощи в теперешних обстоятельствах, но если бы вы знали, каково мое положение! В этой квартире нам никак нельзя оставаться. У меня случились ужаснейшие неприятности, и если бы вы знали, в каком я теперь расстройстве и волнении! Вообразите, друг мой: сегодня утром входит к нам человек незнакомый, пожилых лет, почти старик, с орденами. Я изумилась, не понимая, чего ему нужно у нас? Федора вышла в это время в лавочку. Он стал меня расспрашивать, как я живу и что делаю, и, не дождавшись ответа, объявил мне, что он дядя того офицера; что он очень сердит на племянника за его дурное поведение и за то, что он ославил нас на весь дом; сказал, что племянник это мальчишка и ветрогон и что он готов взять меня под свою защиту; не советовал мне слушать молодых людей, прибавил, что он соболезнует обо мне, как отец, что он питает ко мне отеческие чувства и готов мне во всем помогать. Я вся краснела, не знала что и подумать, но не спешила благодарить. Он взял меня насильно за руку, потрепал меня по щеке, сказал, что я прехорошенькая и что он чрезвычайно доволен тем, что у меня есть на щеках ямочки (бог знает, что он говорил!), и, наконец, хотел меня поцеловать, говоря, что он уже старик (он был такой гадкий!). Тут вошла Федора. Он немного смутился и опять заговорил, что чувствует ко мне уважение за мою скромность и благонравие и что очень желает, чтобы я его не чуждалась. Потом отозвал в сторону Федору и под каким-то странным предлогом хотел дать ей сколько-то денег. Федора, разумеется, не взяла. Наконец он собрался домой, повторил еще раз все свои уверения, сказал, что еще раз ко мне приедет и привезет мне сережки (кажется, он сам был очень смущен); советовал мне переменить квартиру и рекомендовал мне одну прекрасную квартиру, которая у него на примете и которая мне ничего не будет стоить; сказал, что он очень полюбил меня, затем что я честная и благоразумная девушка, советовал остерегаться развратной молодежи и, наконец, объявил, что знает Анну Федоровну и что Анна Федоровна поручила ему сказать мне, что она сама навестит меня. Тут я всё поняла. Я не знаю, что со мною сталось; в первый раз в жизни я испытывала такое положение; я из себя вышла; я застыдила его совсем. Федора помогла мне и почти выгнала его из квартиры. Мы решили, что это всё дело Анны Федоровны: иначе с какой стороны ему знать о нас?

Теперь я к вам обращаюсь, Макар Алексеевич, и молю вас о помощи. Не оставляйте меня, ради бога, в таком положении! Займите, пожалуйста, хоть сколько-нибудь достаньте денег, нам не на что съехать с квартиры, а оставаться здесь никак нельзя более: так и Федора советует. Нам нужно по крайней мере рублей двадцать пять; я вам эти деньги отдам; я их заработаю; Федора мне на днях еще работы достанет, так что если вас будут останавливать большие проценты, то вы не смотрите на них и согласитесь на всё. Я вам всё отдам, только, ради бога, не оставьте меня помощию. Мне многого стоит беспокоить вас теперь, когда вы в таких обстоятельствах, но на вас одного вся надежда моя! Прощайте, Макар Алексеевич, подумайте обо мне, и дай вам бог успеха!

В. Д.

Августа 4.

Голубчик мой, Варвара Алексеевна!

Вот эти-то все удары неожиданные и потрясают меня! Вот такие-то бедствия страшные и убивают дух мой! Кроме того, что сброд этих лизоблюдников разных и старикашек негодных вас, моего ангельчика, на болезненный одр свести хочет, кроме этого всего — они и меня, лизоблюды-то эти, извести хотят. И изведут, клятву кладу, что изведут! Ведь вот и теперь скорее умереть готов, чем вам не помочь! Не помоги я вам, так уж тут смерть моя, Варенька, тут уж чистая, настоящая смерть, а помоги, так вы тогда у меня улетите, как пташка из гнездышка, которую совы-то эти, хищные птицы заклевать собрались. Вот это-то меня и мучает, маточка. Да и вы-то, Варенька, вы-то какие жестокие! Как же вы это? Вас мучают, вас обижают, вы, птенчик мой, страдаете, да еще горюете, что меня беспокоить нужно, да еще обещаетесь долг заработать, то есть, по правде сказать, убиваться будете с вашим здоровьем слабеньким, чтоб меня к сроку выручить. Да ведь вы, Варенька, только подумайте, о чем вы толкуете! Да зачем же вам шить, зачем же работать, головку свою бедную заботою мучить, ваши глазки хорошенькие портить и здоровье свое убивать? Ах, Варенька, Варенька, видите ли, голубчик мой, я никуда не гожусь, и сам знаю, что никуда не гожусь, но я сделаю так, что буду годиться! Я всё превозмогу, я сам работы посторонней достану, переписывать буду разные бумаги разным литераторам, пойду к ним, сам пойду, навяжусь на работу; потому что ведь они, маточка, ищут хороших писцов, я это знаю, что ищут, а вам себя изнурять не дам; пагубного такого намерения не дам вам исполнить. Я, ангельчик мой, непременно займу, и скорее умру, чем не займу. И пишете, голубушка вы моя, чтобы я проценту не испугался большого, — и не испугаюсь, маточка, не испугаюсь, ничего теперь не испугаюсь. Я, маточка, попрошу сорок рублей ассигнациями; ведь не много, Варенька, как вы думаете? Можно ли сорок-то рублей мне с первого слова поверить? то есть, я хочу сказать, считаете ли вы меня способным внушить с первого взгляда вероятие и доверенность? По физиономии-то, по первому взгляду, можно ли судить обо мне благоприятным образом? Вы припомните, ангельчик, способен ли я ко внушению-то? Как вы там от себя полагаете? Знаете ли, страх такой чувствуется, — болезненно, истинно сказать болезненно! Из сорока рублей двадцать пять отлагаю на вас, Варенька; два целковых хозяйке, а остальное назначено для собственной траты. Видите ли, хозяйке-то следовало бы дать и побольше, даже необходимо; но вы сообразите всё дело, маточка, перечтите-ка все мои нужды, так и увидитс, что уж никак нельзя более дать, следовательно, нечего и говорить об этом, да и упоминать не нужно. На рубль серебром куплю сапоги; я уж и не знаю, способен ли я буду в старых-то завтра в должность явиться. Платочек шейный тоже был бы необходим, ибо старому скоро год минет; но так как вы мне из старого фартучка вашего не только платок, но и манишку выкроить обещались, то я о платке и думать больше не буду. Так вот, сапоги и платок есть. Теперь пуговки, дружок мой! Ведь вы согласитесь, крошечка моя, что мне без пуговок быть нельзя; а у меня чуть ли не половина борта обсыпалась! Я трепещу, когда подумаю, что его превосходительство могут такой беспорядок заметить да скажут — да что скажут! Я, маточка, и не услышу, что скажут; ибо умру, умру, на месте умру, так-таки возьму да и умру от стыда, от мысли одной! Ох, маточка! Да вот еще останется от всех необходимостей трехрублевик; так вот это на жизнь и на полфунтика табачку; потому что, ангельчик мой, я без табаку-то жить не могу, а уж вот девятый день трубки в рот не брал. Я бы, по совести говоря, купил бы, да и вам ничего не сказал, да совестно. Вот у вас там беда, вы последнего лишаетесь, а я здесь разными удовольствиями наслаждаюсь; так вот для того и говорю вам всё это, чтобы угрызения совести не мучили. Я вам откровенно признаюсь, Варенька, я теперь в крайне бедственном положении, то есть решительно ничего подобного никогда со мной не бывало. Хозяйка презирает меня, уважения ни от кого нет никакого; недостатки страшнейшие, долги; а в должности, где от своего брата чиновника и прежде мне не было масленицы, — теперь, маточка, и говорить нечего. Я скрываю, я тщательно от всех всё скрываю, и сам скрываюсь, и в должность-то я вхожу когда, так бочком-бочком, сторонюсь от всех. Ведь это вам только признаться достает у меня силы душевной... А ну, как не даст! Ну, нет, лучше, Варенька, и не думать об этом и такими мыслями заранее не убивать души своей. К тому и пишу это, чтобы предостеречь вас, чтобы сами вы об этом не думали и мыслию злою не мучились. Ах, боже мой, что это с вами-то будет тогда! Оно правда и то, что вы тогда с этой квартиры не съедете, и я буду с вами, — да нет, уж я и не ворочусь тогда, я просто сгину куда-нибудь, пропаду. Вот я вам здесь расписался, а побриться бы нужно, оно всё благообразнее, а благообразие всегда умеет найти. Ну, дай-то господи! Помолюсь, да и в путь!

М. Девушкин.

Августа 5.

Любезнейший Макар Алексеевич!

Уж хоть вы-то бы не отчаивались! И так горя довольно. Посылаю вам тридцать копеек серебром; больше никак не могу. Купите себе там, что вам более нужно, чтобы хоть до завтра прожить как-нибудь. У нас у самих почти ничего не осталось, а завтра уж и не знаю, что будет. Грустно, Макар Алексеевич! Впрочем, не грустите; не удалось, так что ж делать! Федора говорит, что еще не беда, что можно до времени и на этой квартире остаться, что если бы и переехали, так всё бы немного выгадали, и что если захотят, так везде нас найдут. Да только всё как-то нехорошо здесь оставаться теперь. Если бы не грустно было, я бы вам кое-что написала.

Какой у вас странный характер, Макар Алексеевич! Вы уж слишком сильно всё принимаете к сердцу; от этого вы всегда будете несчастнейшим человеком. Я внимательно читаю все ваши письма и вижу, что в каждом письме вы обо мне так мучаетесь и заботитесь, как никогда о себе не заботились. Все, конечно, скажут, что у вас доброе сердце, но я скажу, что оно уж слишком доброе. Я вам даю дружеский совет, Макар Алексеевич. Я нам благодарна, очень благодарна за всё, что вы для меня сделали, я всё это очень чувствую; так судите же, каково мне видеть, что вы и теперь, после всех ваших бедствий, которых я была невольною причиною, — что и теперь живете только тем, что я живу: моими радостями, моими горестями, моим сердцем! Если принимать всё чужое так к сердцу и если так сильно всему сочувствовать, то, право, есть отчего быть несчастнейшим человеком. Сегодня, когда вы пошли ко мне после должности, я испугалась, глядя на вас. Вы были такой бледный, перепуганный, отчаянный: на вас лица не было, — и всё оттого, что вы боялись мне рассказать о своей неудаче, боялись меня огорчить, меня испугать, а как увидели, что я чуть не засмеялась, то у вас почти всё отлегло от сердца. Макар Алексеевич! вы не печальтесь, не отчаивайтесь, будьте благоразумнее, — прошу вас, умоляю вас об этом. Ну, вот вы увидите, что всё будет хорошо, всё переменится к лучшему; а то вам тяжело будет жить, вечно тоскуя и болея чужим горем. Прощайте, мой друг; умоляю вас, не беспокойтесь слишком обо мне.

В. Д.

Августа 5.

Голубчик мой, Варенька!

Ну, хорошо, ангельчик мой, хорошо! Вы решили, что еще не беда оттого, что я денег не достал. Ну, хорошо, я спокоен, я счастлив на ваш счет. Даже рад, что вы меня, старика, не покидаете и на этой квартире останетесь. Да уж если всё говорить, так и сердце-то мое всё радостию переполнилось, когда я увидел, что вы обо мне в своем письмеце так хорошо написали и чувствам моим должную похвалу воздали. Я это не от гордости говорю, но оттого, что вижу, как вы меня любите, когда об сердце моем так беспокоитесь. Ну, хорошо; что уж теперь об сердце-то моем говорить! Сердце само по себе; а вот вы наказываете, маточка, чтобы я малодушным не был. Да, ангельчик мой, пожалуй, и сам скажу, что не нужно его, малодушия-то; да при всем этом, решите сами, маточка моя, в каких сапогах я завтра на службу пойду! Вот оно что, маточка; а ведь подобная мысль погубить человека может, совершенно погубить. А главное, родная моя, что я не для себя и тужу, не для себя и страдаю; по мне всё равно, хоть бы и в трескучий мороз без шинели и без сапогов ходить, я перетерплю и всё вынесу, мне ничего; человек-то я простой, маленький, — но что люди скажут? Враги-то мои, злые-то языки эти все что заговорят, когда без шинели пойдешь? Ведь для людей и в шинели ходишь, да и сапоги, пожалуй, для них же носишь. Сапоги в таком случае, маточка, душечка вы моя, нужны мне для поддержки чести и доброго имени; в дырявых же сапогах и то и другое пропало, — поверьте, маточка, опытности моей многолетней поверьте; меня, старика, знающего свет и людей, послушайте, а не пачкунов каких-нибудь и марателей.

А я вам еще и не рассказывал в подробности, маточка, как это в сущности всё было сегодня, чего я натерпелся сегодня. А того я натерпелся, столько тяготы душевной в одно утро вынес, чего иной и в целый год не вынесет. Вот оно было как: пошел, во-первых, я раным-ранешенько, чтобы и его-то застать да и на службу поспеть. Дождь был такой, слякоть такая была сегодня! Я, ясочка моя, в шинель-то закутался, иду-иду да всё думаю: «Господи! прости, дескать, мои согрешения и пошли исполнение желаний». Мимо —ской церкви прошел, перекрестился, во всех грехах покаялся да вспомнил, что недостойно мне с господом богом уговариваться. Погрузился я в себя самого, и глядеть ни на что не хотелось; так уж, не разбирая дороги, пошел. На улицах было пусто, а кто встречался, так всё такие занятые, озабоченные, да и не диво: кто в такую пору раннюю и в такую погоду гулять пойдет! Артель работников испачканных повстречалась со мною; затолкали меня, мужичье! Робость нашла на меня, жутко становилось, уж я об деньгах-то и думать, по правде, не хотел, — на авось, так на авось! У самого Воскресенского моста у меня подошва отстала, так что уж и сам не знаю, на чем я пошел. А тут наш писарь Ермолаев повстречался со мною, вытянулся, стоит, глазами провожает, словно на водку просит; эх, братец, подумал я, на водку, уж какая тут водка! Устал я ужасно, приостановился, отдохнул немного, да и потянулся дальше. Нарочно разглядывал, к чему бы мыслями прилепиться, развлечься, приободриться: да нет — ни одной мысли ни к чему не мог прилепить, да и загрязнился вдобавок так, что самого себя стыдно стало. Увидел наконец я издали дом деревянный, желтый, с мезонином вроде бельведера — ну, так, думаю, так оно и есть, так и Емельян Иванович говорил, — Маркова дом. (Он и есть этот Марков, маточка, что на проценты дает.) Я уж и себя тут не вспомнил, и ведь знал, что Маркова дом, а спросил-таки будочника — чей, дескать, это, братец, дом? Будочник такой грубиян, говорит нехотя, словно сердится на кого-то, слова сквозь зубы цедит, — да уж так, говорит, это Маркова дом. Будочники эти все такие нечувствительные, — а что мне будочник? А вот всё как-то было впечатление дурное и неприятное, словом, всё одно к одному; изо всего что-нибудь выведешь сходное с своим положением, и это всегда так бывает. Мимо дома-то я три конца дал по улице, и чем больше хожу, тем хуже становится, — нет, думаю, не даст, ни за что не даст! И человек-то я незнакомый, и дело-то мое щекотливое, и фигурой я не беру, — ну, думаю, как судьба решит; чтобы после только не каяться, за попытку не съедят же меня, — да и отворил потихоньку калитку. А тут другая беда: навязалась на меня дрянная, глупая собачонка дворная; лезет из кожи, заливается! И вот такие-то подлые, мелкие случаи и взбесят всегда человека, маточка, и робость на него наведут, и всю решимость, которую заране обдумал, уничтожат; так что я вошел в дом ни жив ни мертв, вошел да прямо еще на беду — не разглядел, что такое внизу впотьмах у порога, ступил да и споткнулся об какую-то бабу, а баба молоко из подойника в кувшины цедила и всё молоко пролила. Завизжала, затрещала глупая баба, — дескать, куда ты, батюшка, лезешь, чего тебе надо? да и пошла причитать про нелегкое. Я, маточка, это к тому замечаю, что всегда со мной такое же случалось в подобного рода делах; знать, уж мне написано так; вечно-то я зацеплюсь за что-нибудь постороннее. Высунулась на шум старая ведьма и чухонка хозяйка, я прямо к ней, — здесь, дескать, Марков живет? Нет, говорит; постояла, оглядела меня хорошенько. «А вам что до него?» Я объясняю ей, что, дескать, так и так, Емельян Иванович, — ну, и про остальное, — говорю, дельце есть. Старуха кликнула дочку — вышла и дочка, девочка в летах, босоногая, — «кликни отца; он наверху у жильцов, — пожалуйте». Вошел я. Комната ничего, на стенах картинки висят, всё генералов каких-то портреты, диван стоит, стол круглый, резеда, бальзаминчики, — думаю-думаю, не убраться ли, полно, мне подобру-поздорову, уйти или нет? и ведь, ей-ей, маточка, хотел убежать! Я лучше, думаю, завтра приду; и погода лучше будет, и я-то перережу, — а сегодня вон и молоко пролито, и генералы-то смотрят такие сердитые... Я уж и к двери, да он-то вошел — так себе, седенький, глазки такие вороватенькие, в халате засаленном и веревкой подпоясан. Осведомился к чему и как, а я ему: дескать, так и так, вот Емельян Иванович, — рублей сорок, говорю; дело такое, — да и не договорил. Из глаз его увидал, что проиграно дело. «Нет, уж что, говорит, дело, у меня денег нет; а что у вас заклад, что ли, какой?» Я было стал объяснять, что, дескать, заклада нет, а вот Емельян Иванович, — объясняю, одним словом, что нужно. Выслушав всё, — нет, говорит, что Емельян Иванович! у меня денег нет. Ну, думаю, так, всё так; знал я про это, предчувствовал — ну, просто, Варенька, лучше бы было, если бы земля подо мной расступилась; холод такой, ноги окоченели, мурашки по спине пробежали. Я на него смотрю, а он на меня смотрит да чуть не говорит — что, дескать, ступай-ка ты, брат, здесь тебе нечего делать, — так что, если б в другом случае было бы такое же, так совсем бы засовестился. Да что вам, зачем деньги надобны? (Ведь вот про что спросил, маточка!) Я было рот разинул, чтобы только так не стоять даром, да он и слушать не стал — нет, говорит, денег нет; я бы, говорит, с удовольствием. Уж я ему представлял, представлял, говорю, что ведь я немножко, я, дескать, говорю, вам отдам, в срок отдам, и что я еще до срока отдам, что и процент пусть какой угодно берет и что я, ей-богу, отдам. Я, маточка, в это мгновение вас вспомнил, все ваши несчастия и нужды вспомнил, ваш полтинничек вспомнил, — да нет, говорит, что проценты, вот если б заклад! А то у меня денег нет, ей-богу нет; я бы, говорит, с удовольствием, — еще и побожился, разбойник!

Ну, тут уж, родная моя, я и не помню, как вышел, как прошел Выборгскую, как на Воскресенский мост попал, устал ужасно, прозяб, продрог и только в десять часов в должность успел явиться. Хотел было себя пообчистить от грязи, да Снегирев, сторож, сказал, что нельзя, что щетку испортишь, а щетка, говорит, барин, казенная. Вот они как теперь, маточка, так что я и у этих господ чуть ли не хуже ветошки, об которую ноги обтирают. Ведь меня что, Варенька, убивает? Не деньги меня убивают, а все эти тревоги житейские, все эти шепоты, улыбочки, шуточки. Его превосходительство невзначай как-нибудь могут отнестись на мой счет, — ох, маточка, времена-то мои прошли золотые! Сегодня перечитал я все ваши письма; грустно, маточка! Прощайте, родная, господь вас храни!

М. Девушкин.

P. S. Горе-то мое, Варенька, хотел я вам описать пополам с шуточкой, только, видно, она не дается мне, шуточка-то. Вам хотелось угодить. Я к вам зайду, маточка, непременно зайду, завтра зайду.

Августа 11.

Варвара Алексеевна! голубчик мой, маточка! Пропал я, пропали мы оба, оба вместе, безвозвратно пропали. Моя репутация, амбиция — всё потеряно! Я погиб, и вы погибли, маточка, и вы, вместе со мной, безвозвратно погибли! Это я, я вас в погибель ввел! Меня гонят, маточка, презирают, на смех подымают, а хозяйка просто меня бранить стала; кричала, кричала на меня сегодня, распекала, распекала меня, ниже щепки поставила. А вечером у Ратазяева кто-то из них стал вслух читать одно письмо черновое, которое я вам написал, да выронил невзначай из кармана. Матушка моя, какую они насмешку подняли! Величали, величали нас, хохотали, хохотали, предатели! Я вошел к ним и уличил Ратазяева в вероломстве; сказал ему, что он предатель! А Ратазяев отвечал мне, что я сам предатель, что я конкетами разными занимаюсь; говорит, — вы скрывались от нас, вы, дескать, Ловелас; и теперь все меня Ловеласом зовут, и имени другого нет у меня! Слышите ли, ангельчик мой, слышите ли, — они теперь всё знают, обо всем известны, и об вас, родная моя, знают, и обо всем, что ни есть у вас, обо всем знают! Да чего! и Фальдони туда же, и он заодно с ними; послал я его сегодня в колбасную, так, принести кой-чего; не идет да и только, дело есть, говорит! «Да ведь ты ж обязан», — я говорю. «Да нет же, говорит, не обязан, вы вон моей барыне денег не платите, так я вам и не обязан». Я не вытерпел от него, от необразованного мужика, оскорбления, да и сказал ему дурака; а он мне — «от дурака слышал». Я думаю, что он с пьяных глаз мне такую грубость сказал — да и говорю, ты, дескать, пьян, мужик ты этакой! а он мне: «Вы, что ли, мне поднесли-то? У самих-то есть ли на что опохмелиться; сами у какой-то по гривенничку христарадничаете, — да еще прибавил: — Эх, дескать, а еще барин!» Вот, маточка, вот до чего дошло дело! Жить, Варенька, совестно! точно оглашенный какой-нибудь; хуже, чем беспаспортному бродяге какому-нибудь. Бедствия тяжкие! — погиб я, просто погиб! безвозвратно погиб.

М. Д.

Августа 13.

Любезнейший Макар Алексеевич! Над нами всё беды да беды, я уж и сама не знаю, что делать! Что с вами-то будет теперь, а на меня надежда плохая; я сегодня обожгла себе утюгом левую руку; уронила нечаянно, и ушибла и обожгла, всё вместе. Работать никак нельзя, а Федора уж третий день хворает. Я в мучительном беспокойстве. Посылаю вам тридцать копеек серебром; это почти всё последнее наше, а я, бог видит, как желала бы вам помочь теперь в ваших нуждах. До слез досадно! Прощайте, друг мой! Весьма бы вы утешили меня, если б пришли к нам сегодня.

В. Д.

Августа 14.

Макар Алексеевич! что это с вами? Бога вы не боитесь, верно! Вы меня просто с ума сведете. Не стыдно ли вам! Вы себя губите, вы подумайте только о своей репутации! Вы человек честный, благородный, амбиционный — ну, как все узнают про вас! Да вы просто со стыда должны будете умереть! Или не жаль вам седых волос ваших? Ну, боитесь ли вы бога! Федора сказала, что уже теперь не будет вам более помогать, да и я тоже вам денег давать не буду. До чего вы меня довели, Макар Алексеевич! Вы думаете, верно, что мне ничего, что вы так дурно ведете себя; вы еще не знаете, что я из-за вас терплю! Мне по нашей лестнице и пройти нельзя: все на меня смотрят, пальцем на меня указывают и такие страшные вещи говорят; да, прямо говорят, что связалась я с пьяницей. Каково это слышать! Когда вас привозят, то на вас все жильцы с презрением указывают: вот, говорят, того чиновника привезли. А мне-то за вас мочи нет как совестно. Клянусь вам, что я перееду отсюда. Пойду куда-нибудь в горничные, в прачки, а здесь не останусь. Я вам писала, чтоб вы зашли ко мне, а вы не зашли. Знать, вам ничего мои слезы и просьбы, Макар Алексеевич! И откуда вы денег достали? Ради создателя, поберегитесь. Ведь пропадете, ни за что пропадете! И стыд-то и срам-то какой! Вас хозяйка и впустить вчера не хотела, вы в сенях ночевали: я всё знаю. Если б вы знали, как мне тяжело было, когда я всё это узнала. Приходите ко мне, вам будет у нас весело: мы будем вместе читать, будем старое вспоминать. Федора о своих богомольных странствиях рассказывать будет. Ради меня, голубчик мой, не губите себя и меня не губите. Ведь я для вас одного и живу, для вас и остаюсь с вами. Так-то вы теперь! Будьте благородным человеком, твердым в несчастиях; помните, что бедность не порок. Да и чего отчаиваться: это всё временное! Даст бог — всё поправится, только вы-то удержитесь теперь. Посылаю вам двугривенный, купите себе табаку или всего, что вам захочется, только, ради бога, на дурное не тратьте. Приходите к нам, непременно приходите. Вам, может быть, как и прежде, стыдно будет, но вы не стыдитесь: это ложный стыд. Только бы вы искреннее раскаяние принесли. Надейтесь на бога. Он всё устроит к лучшему.

В. Д.

Августа 19.

Варвара Алексеевна, маточка!

Стыдно мне, ясочка моя, Варвара Алексеевна, совсем застыдился. Впрочем, что ж тут такого, маточка, особенного? Отчего же сердца своего не поразвеселить? Я тогда про подошвы мои и не думаю, потому что подошва вздор и всегда останется простой, подлой, грязной подошвой. Да и сапоги тоже вздор! И мудрецы греческие без сапог хаживали, так чего же нашему-то брату с таким недостойным предметом нянчиться? За что ж обижать, за что ж презирать меня в таком случае? Эх! маточка, маточка, нашли что писать! А Федоре скажите, что она баба вздорная, беспокойная, буйная и вдобавок глупая, невыразимо глупая! Что же касается до седины моей, то и в этом вы ошибаетесь, родная моя, потому что я вовсе не такой старик, как вы думаете. Емеля вам кланяется. Пишете вы, что сокрушались и плакали; а я вам пишу, что я тоже сокрушался и плакал. В заключение желаю вам всякого здоровья и благополучия, а что до меня касается, то я тоже здоров и благополучен и пребываю вашим, ангельчик мой, другом

Макаром Девушкиным.

Августа 21.

Милостивая государыня и любезный друг,

Варвара Алексеевна!

Чувствую, что я виноват, чувствую, что я провинился пред вами, да и, по-моему, выгоды-то из этого нет никакой, маточка, что я всё это чувствую, уж что вы там ни говорите. Я и прежде проступка моего всё это чувствовал, но вот упал же духом, с сознанием вины упал.

Маточка моя, я не зол и не жестокосерден; а для того чтобы растерзать сердечко ваше, голубка моя, нужно быть не более, не менее как кровожадным тигром, ну, а у меня сердце овечье, и я, как и вам известно, не имею позыва к кровожадности; следственно, ангельчик мой, я и не совсем виноват в проступке моем, так же как и ни сердце, ни мысли мои не виноваты; а уж так, я и не знаю, что виновато. Уж такое дело темное, маточка! Тридцать копеек серебром мне прислали, а потом прислали двугривенничек; у меня сердце и заныло, глядя на ваши сиротские денежки. Сами ручку свою обожгли, голодать скоро будете, а пишете, чтоб я табаку купил. Ну, как же мне было поступить в таком случае? Или уж так, без зазрения совести, подобно разбойнику, вас, сироточку, начать грабить! Тут-то я и упал духом, маточка, то есть сначала, чувствуя поневоле, что никуда не гожусь и что я сам немногим разве получше подошвы своей, счел неприличным принимать себя за что-нибудь значащее, а напротив, самого себя стал считать чем-то неприличным и в некоторой степени неблагопристойным. Ну, а как потерял к себе самому уважение, как предался отрицанию добрых качеств своих и своего достоинства, так уж тут и всё пропадай, тут уж и падение! Это так уже судьбою определено, и я в этом не виноват. Я сначала вышел немножко поосвежиться. Тут уж всё пришлось одно к одному: и природа была такая слезливая, и погода холодная, и дождь, ну и Емеля тут же случился. Он, Варенька, уже всё заложил что имел, всё у него пошло в свое место, и как я его встретил, так он уже двое суток маковой росинки во рту не видал, так что уж хотел такое закладывать, чего никак и заложить нельзя, затем что и закладов таких не бывает. Ну, что же, Варенька, уступил я более из сострадания к человечеству, чем по собственному влечению. Так вот как грех этот произошел, маточка! Мы уж как вместе с ним плакали! Вас вспоминали. Он предобрый, он очень добрый человек, и весьма чувствительный человек. Я, маточка, сам всё это чувствую; со мной потому и случается-то всё такое, что я очень всё это чувствую. Я знаю, чем я вам, голубчик вы мой, обязан! Узнав вас, я стал, во-первых, и самого себя лучше знать и вас стал любить; а до вас, ангельчик мой, я был одинок и как будто спал, а не жил на свете. Они, злодеи-то мои, говорили, что даже и фигура моя неприличная, и гнушались мною, ну, и я стал гнушаться собою; говорили, что я туп, я и в самом деле думал, что я туп, а как вы мне явились, то вы всю мою жизнь осветили темную, так что и сердце и душа моя осветились, и я обрел душевный покой и узнал, что и я не хуже других; что только так, не блещу ничем, лоску нет, тону нет, но все-таки я человек, что сердцем и мыслями я человек. Ну, а теперь, почувствовав, что я гоним судьбою, что, униженный ею, предался отрицанию собственного своего достоинства, я, удрученный моими бедствиями, и упал духом. И так как вы теперь всё знаете, маточка, то я умоляю вас слезно не любопытствовать более об этой материи, ибо сердце мое разрывается, и горько, тягостно.

Свидетельствую, маточка, вам почтение мое и пребываю вашим верным

Макаром Девушкиным.

Сентября 3.

Я не докончила прошлого письма, Макар Алексеевич, потому что мне было тяжело писать. Иногда бывают со мной минуты, когда я рада быть одной, одной грустить, одной тосковать, без раздела, и такие минуты начинают находить на меня всё чаще и чаще. В воспоминаниях моих есть что-то такое необъяснимое для меня, что увлекает меня так безотчетно, так сильно, что я по нескольку часов бываю бесчувственна ко всему меня окружающему и забываю всё, всё настоящее. И нет впечатления в теперешней жизни моей, приятного ль, тяжелого, грустного, которое бы не напоминало мне чего-нибудь подобного же в прошедшем моем, и чаще всего мое детство, мое золотое детство! Но мне становится всегда тяжело после подобных мгновений. Я как-то слабею, моя мечтательность изнуряет меня, а здоровье мое и без того всё хуже и хуже становится.

Но сегодня свежее, яркое, блестящее утро, каких мало здесь осенью, оживило меня, и я радостно его встретила. Итак, у нас уже осень! Как я любила осень в деревне! Я еще ребенком была, но и тогда уже много чувствовала. Осенний вечер я любила больше, чем утро. Я помню, в двух шагах от нашего дома, под горой, было озеро. Это озеро, — я как будто вижу его теперь, — это озеро было такое широкое, светлое, чистое, как хрусталь! Бывало, если вечер тих, — озеро покойно; на деревах, что по берегу росли, не шелохнет, вода неподвижна, словно зеркало. Свежо! холодно! Падает роса на траву, в избах на берегу засветятся огоньки, стадо пригонят — тут-то я и ускользну тихонько из дому, чтобы посмотреть на мое озеро, и засмотрюсь, бывало. Какая-нибудь вязанка хворосту горит у рыбаков у самой воды, и свет далеко-далеко по воде льется. Небо такое холодное, синее и по краям разведено всё красными, огненными полосами, и эти полосы всё бледнее и бледнее становятся; выходит месяц; воздух такой звонкий, порхнет ли испуганная пташка, камыш ли зазвенит от легонького ветерка, или рыба всплеснется в воде, — всё, бывало, слышно. По синей воде встает белый пар, тонкий, прозрачный. Даль темнеет; всё как-то тонет в тумане, а вблизи так всё резко обточено, словно резцом обрезано, — лодка, берег, острова; бочка какая-нибудь, брошенная, забытая у самого берега, чуть-чуть колышется на воде, ветка ракитовая с пожелтелыми листьями путается в камыше, — вспорхнет чайка запоздалая, то окунется в холодной воде, то опять вспорхнет и утонет в тумане. Я засматривалась, заслушивалась, — чудно хорошо было мне! А я еще была ребенок, дитя!..

Я так любила осень, — позднюю осень, когда уже уберут хлеба, окончат все работы, когда уже в избах начнутся посиделки, когда уже все ждут зимы. Тогда всё становится мрачнее, небо хмурится облаками, желтые листья стелятся тропами по краям обнаженного леса, а лес синеет, чернеет, — особенно вечером, когда спустится сырой туман и деревья мелькают из тумана, как великаны, как безобразные, страшные привидения. Запоздаешь, бывало, на прогулке, отстанешь от других, идешь одна, спешишь, — жутко! Сама дрожишь как лист; вот, думаешь, того и гляди выглянет кто-нибудь страшный из-за этого дупла; между тем ветер пронесется по лесу, загудит, зашумит, завоет так жалобно, сорвет тучу листьев с чахлых веток, закрутит ими по воздуху, и за ними длинною, широкою, шумною стаей, с диким пронзительным криком, пронесутся птицы, так что небо чернеет и всё застилается ими. Страшно станет, а тут, — точно как будто заслышишь кого-то, — чей-то голос, как будто кто-то шепчет: «Беги, беги, дитя, не опаздывай; страшно здесь будет тотчас, беги, дитя!» — ужас пройдет по сердцу, и бежишь-бежишь так, что дух занимается. Прибежишь, запыхавшись, домой; дома шумно, весело; раздадут нам, всем детям, работу: горох или мак щелушить. Сырые дрова трещат в печи; матушка весело смотрит за нашей веселой работой; старая няня Ульяна рассказывает про старое время или страшные сказки про колдунов и мертвецов. Мы, дети, жмемся подружка к подружке, а улыбка у всех на губах. Вот вдруг замолчим разом... чу! шум! как будто кто-то стучит! Ничего не бывало; это гудит самопрялка у старой Фроловны; сколько смеху бывало! А потом ночью не спим от страха; находят такие страшные сны. Проснешься, бывало, шевельнуться не смеешь и до рассвета дрогнешь под одеялом. Утром встанешь свежа, как цветочек. Посмотришь в окно: морозом прохватило всё поле; тонкий, осенний иней повис на обнаженных сучьях; тонким, как лист, льдом подернулось озеро; встает белый пар по озеру; кричат веселые птицы. Солнце светит кругом яркими лучами, и лучи разбивают, как стекло, тонкий лед. Светло, ярко, весело! В печке опять трещит огонь; подсядем все к самовару, а в окна посматривает продрогшая ночью черная наша собака Полкан и приветливо махает хвостом. Мужичок проедет мимо окон на бодрой лошадке в лес за дровами. Все так довольны, так веселы!.. Ах, какое золотое было детство мое!..

Вот я и расплакалась теперь, как дитя, увлекаясь моими воспоминаниями. Я так живо, так живо всё припомнила, так ярко стало передо мною всё прошедшее, а настоящее так тускло, так темно!.. Чем это кончится, чем это всё кончится? Знаете ли, у меня есть какое-то убеждение, какая-то уверенность, что я умру нынче осенью. Я очень, очень больна. Я часто думаю о том, что умру, но всё бы мне не хотелось так умереть, — в здешней земле лежать. Может быть, я опять слягу в постель, как и тогда, весной, а я еще оправиться не успела. Вот и теперь мне очень тяжело. Федора сегодня ушла куда-то на целый день, и я сижу одна. А с некоторого времени я боюсь оставаться одной; мне всё кажется, что со мной в комнате кто-то бывает другой, что кто-то со мной говорит; особенно когда я об чем-нибудь задумаюсь и вдруг очнусь от задумчивости, так что мне страшно становится. Вот почему я вам такое большое письмо написала; когда я пишу, это проходит. Прощайте: кончаю письмо, потому что и бумаги и времени нет. Из вырученных денег за платья мои да за шляпку остался у меня только рубль серебром. Вы дали хозяйке два рубля серебром; это очень хорошо; она замолчит теперь на время.

Поправьте себе как-нибудь платье. Прощайте; я так устала; не понимаю, отчего я становлюсь такая слабая; малейшее занятие меня утомляет. Случится работа — как работать? Вот это-то и убивает меня.

В. Д.

Сентября 5.

Голубчик мой, Варенька!

Я сегодня, ангельчик мой, много испытал впечатлений. Во-первых, у меня голова целый день болела. Чтобы как-нибудь освежиться, вышел я походить по Фонтанке. Вечер был такой темный, сырой. В шестом часу уж смеркается, — вот как теперь! Дождя не было, зато был туман, не хуже доброго дождя. По небу ходили длинными, широкими полосами тучи. Народу ходила бездна по набережной, и народ-то как нарочно был с такими страшными, уныние наводящими лицами, пьяные мужики, курносые бабы-чухонки, в сапогах и простоволосые, артельщики, извозчики, наш брат, по какой-нибудь надобности; мальчишки, какой-нибудь слесарский ученик в полосатом халате, испитой, чахлый, с лицом, выкупанным в копченом масле, с замком в руке; солдат отставной, в сажень ростом, — вот какова была публика. Час-то, видно, был такой, что другой публики и быть не могло. Судоходный канал Фонтанка! Барок такая бездна, что не понимаешь, где всё это могло поместиться. На мостах сидят бабы с мокрыми пряниками да с гнилыми яблоками, и всё такие грязные, мокрые бабы. Скучно по Фонтанке гулять! Мокрый гранит под ногами, по бокам дома высокие, черные, закоптелые; под ногами туман, над головой тоже туман. Такой грустный, такой темный был вечер сегодня.

Когда я поворотил в Гороховую, так уж смерклось совсем и газ зажигать стали. Я давненько-таки не был в

Гороховой, — не удавалось. Шумная улица! Какие лавки, магазины богатые; всё так и блестит и горит, материя, цветы под стеклами, разные шляпки с лентами. Подумаешь, что это всё так, для красы разложено — так нет же: ведь есть люди, что всё это покупают и своим женам дарят. Богатая улица! Немецких булочников очень много живет в Гороховой; тоже, должно быть, народ весьма достаточный. Сколько карет поминутно ездит; как это всё мостовая выносит! Пышные экипажи такие, стекла, как зеркало, внутри бархат и шелк; лакеи дворянские, в эполетах, при шпаге. Я во все кареты заглядывал, всё дамы сидят, такие разодетые, может быть и княжны и графини. Верно, час был такой, что все на балы и в собрания спешили. Любопытно увидеть княгиню и вообще знатную даму вблизи; должно быть, очень хорошо; я никогда не видал; разве вот так, как теперь, в карету заглянешь. Про вас я тут вспомнил. Ах, голубчик мой, родная моя! как вспомню теперь про вас, так всё сердце изнывает! Отчего вы, Варенька, такая несчастная? Ангельчик мой! да чем же вы-то хуже их всех? Вы у меня добрая, прекрасная, ученая; отчего же вам такая злая судьба выпадает на долю? Отчего это так всё случается, что вот хороший-то человек в запустенье находится, а к другому кому счастие само напрашивается? Знаю, знаю, маточка, что нехорошо это думать, что это вольнодумство; но по искренности, по правде-истине, зачем одному еще во чреве матери прокаркнула счастье ворона-судьба, а другой из воспитательного дома на свет божий выходит? И ведь бывает же так, что счастье-то часто Иванушке-дурачку достается. Ты, дескать, Иванушка-дурачок, ройся в мешках дедовских, пей, ешь, веселись, а ты, такой-сякой, только облизывайся; ты, дескать, на то и годишься, ты, братец, вот какой! Грешно, маточка, оно грешно этак думать, да тут поневоле как-то грех в душу лезет. Ездили бы и вы в карете такой же, родная моя, ясочка. Взгляда благосклонного вашего генералы ловили бы, — не то что наш брат; ходили бы вы не в холстинковом ветхом платьице, а в шелку да в золоте. Были бы вы не худенькие, не чахленькие, как теперь, а как фигурка сахарная, свеженькая, румяная, полная. А уж я бы тогда и тем одним счастлив был, что хоть бы с улицы на вас в ярко освещенные окна взглянул, что хоть бы тень вашу увидал; от одной мысли, что вам там счастливо и весело, птичка вы моя хорошенькая, и я бы повеселел. А теперь что! Мало того, что злые люди вас погубили, какая-нибудь там дрянь, забулдыга вас обижает. Что фрак-то на нем сидит гоголем, что в лорнетку-то золотую он на вас смотрит, бесстыдник, так уж ему всё с рук сходит, так уж и речь его непристойную снисходительно слушать надо! Полно, так ли, голубчики! А отчего же это всё? А оттого, что вы сирота, оттого, что вы беззащитная, оттого, что нет у вас; друга сильного, который бы вам опору пристойную дал. А ведь что это за человек, что это за люди, которым сироту оскорбить нипочем? Это какая-то дрянь, а не люди, просто дрянь; так себе, только числятся, а на деле их нет, и в этом и уверен. Вот они каковы, эти люди! А по-моему, родная моя, вот тот шарманщик, которого я сегодня в Гороховой встретил, скорее к себе почтение внушит, чем они. Он хоть целый день ходит да мается, ждет залежалого, негодного гроша на пропитание, да зато он сам себе господин, сам себя кормит. Он милостыни просить не хочет; зато он для удовольствия людского трудится, как заведенная машина, — вот, дескать, чем могу, принесу удовольствие. Нищий, нищий он, правда, всё тот же нищий; но зато благородный нищий; он устал, он прозяб, но всё трудится, хоть по-своему, а все-таки трудится. И много есть честных людей, маточка, которые хоть немного зарабатывают по мере и полезности труда своего, но никому не кланяются, ни у кого хлеба не просят. Вот и я точно так же, как и этот шарманщик, то есть я не то, вовсе не так, как он, но в своем смысле, в благородном-то, в дворянском-то отношении точно так же, как и он, по мере сил тружусь, чем могу, дескать. Большего нет от меня; ну, да на нет и суда нет.

Я к тому про шарманщика этого заговорил, маточка, что случилось мне бедность свою вдвойне испытать сегодня. Остановился я посмотреть на шарманщика. Мысли такие лезли в голову, — так я, чтобы рассеяться, остановился. Стою я, стоят извозчики, девка какая-то, да еще маленькая девочка, вся такая запачканная. Шарманщик расположился перед чьими-то окнами. Замечаю малютку, мальчика, так себе лет десяти; был бы хорошенький, да на вид больной такой, чахленький, в одной рубашонке да еще в чем-то, чуть ли не босой стоит, разиня рот музыку слушает — детский возраст! заглядеться, как у немца куклы танцуют, а у самого и руки и ноги окоченели, дрожит да кончик рукава грызет. Примечаю, что в руках у него бумажечка какая-то. Прошел один господин и бросил шарманщику какую-то маленькую монетку; монетка прямо упала в тот ящик с огородочкой, в котором представлен француз, танцующий с дамами. Только что звякнула монетка, встрепенулся мой мальчик, робко осмотрелся кругом да, видно, на меня подумал, что я деньги дал. Подбежал он ко мне, ручонки дрожат у него, голосёнок дрожит, протянул он ко мне бумажку и говорит: записка! Развернул я записку — ну что, всё известное: дескать, благодетели мои, мать у детей умирает, трое детей голодают, так вы нам теперь помогите, а вот, как я умру, так за то, что птенцов моих теперь не забыли, на том свете вас, благодетели мои, не забуду. Ну, что тут; дело ясное, дело житейское, а что мне им дать? Ну, и не дал ему ничего. А как было жаль! Мальчик бедненький, посинелый от холода, может быть и голодный, и не врет, ей-ей, не врет; я это дело знаю. Но только то дурно, что зачем эти гадкие матери детей не берегут и полуголых с записками на такой холод посылают. Она, может быть, глупая баба, характера не имеет; да за нее и постараться, может быть, некому, так она и сидит, поджав ноги, может быть, и вправду больная. Ну, да всё обратиться бы, куда следует; а впрочем, может быть, и просто мошенница, нарочно голодного и чахлого ребенка обманывать народ посылает, на болезнь наводит. И чему научится бедный мальчик с этими записками? Только сердце его ожесточается; ходит он, бегает, просит. Ходят люди, да некогда им. Сердца у них каменные; слова их жестокие. «Прочь! убирайся! шалишь!» Вот что слышит он от всех, и ожесточается сердце ребенка, и дрожит напрасно на холоде бедненький, запуганный мальчик, словно птенчик, из разбитого гнездышка выпавший. Зябнут у него руки и ноги; дух занимается. Посмотришь, вот он уж и кашляет; тут недалеко ждать, и болезнь, как гад нечистый, заползет ему в грудь, а там, глядишь, и смерть уж стоит над ним, где-нибудь в смрадном углу, без ухода, без помощи — вот и вся его жизнь! Вот какова она, жизнь-то бывает! Ох, Варенька, мучительно слышать Христа ради, и мимо пройти, и не дать ничего, сказать ему: «Бог подаст». Иное Христа ради еще ничего. (И Христа ради-то разные бывают, маточка.) Иное долгое, протяжное, привычное, заученное, прямо нищенское; этому еще не так мучительно не подать, это долгий нищий, давнишний, по ремеслу нищий, этот привык, думаешь, он переможет и знает, как перемочь. А иное Христа ради непривычное, грубое, страшное, — вот как сегодня, когда я было от мальчика записку взял, тут же у забора какой-то стоял, не у всех и просил, говорит мне: «Дай, барин, грош ради Христа!» — да таким отрывистым, грубым голосом, что я вздрогнул от какого-то страшного чувства, а не дал гроша: не было. А еще люди богатые не любят, чтобы бедняки на худой жребий вслух жаловались, — дескать, они беспокоят, они-де назойливы! Да и всегда бедность назойлива, — спать, что ли, мешают их стоны голодные!

Признательно вам сказать, родная моя, начал я вам описывать это всё частию, чтоб сердце отвести, а более для того, чтоб вам образец хорошего слогу моих сочинений показать. Потому что вы, верно, сами сознаетесь, маточка, что у меня с недавнего времени слог формируется Но теперь на меня такая тоска нашла, что я сам моим мыслям до глубины души стал сочувствовать, и хотя я сам знаю, маточка, что этим сочувствием не возьмешь, но все-таки некоторым образом справедливость воздашь себе. И подлинно, родная моя, часто самого себя безо всякой причины уничтожаешь, в грош не ставишь и ниже щепки какой-нибудь сортируешь. А если сравнением выразиться, так это, может быть, оттого происходит, что я сам запуган и загнан, как хоть бы и этот бедненький мальчик, что милостыни у меня просил. Теперь я вам, примерно, иносказательно буду говорить, маточка; вот послушайте-ка меня: случается мне, моя родная, рано утром, на службу спеша, заглядеться на город, как он там пробуждается, встает, дымится, кипит, гремит, — тут иногда так перед таким зрелищем умалишься, что как будто бы щелчок какой получил от кого-нибудь по любопытному носу, да и поплетешься тише воды, ниже травы своею дорогою и рукой махнешь! Теперь же разглядите-ка, что в этих черных, закоптелых, больших, капитальных домах делается, вникните в это, и тогда сами рассудите, справедливо ли было без толку сортировать себя и в недостойное смущение входить. Заметьте, Варенька, что я иносказательно говорю, не в прямом смысле. Ну, посмотрим, что там такое в этих домах? Там в каком-нибудь дымном углу, в конуре сырой какой-нибудь, которая, по нужде, за квартиру считается, мастеровой какой-нибудь от сна пробудился; а во сне-то ему, примерно говоря, всю ночь сапоги снились, что вчера он подрезал нечаянно, как будто именно такая дрянь и должна человеку сниться! Ну да ведь он мастеровой, он сапожник: ему простительно всё об одном предмете своем думать. У него там дети пищат и жена голодная; и не одни сапожники встают иногда так, родная моя. Это бы и ничего, и писать бы об этом не стоило, но вот какое выходит тут обстоятельство, маточка: тут же, в этом же доме, этажом выше или ниже, в позлащенных палатах, и богатейшему лицу всё те же сапоги, может быть, ночью снились, то есть на другой манер сапоги, фасона другого, но все-таки сапоги; ибо в смысле-то, здесь мною подразумеваемом, маточка, все мы, родная моя, выходим немного сапожники. И это бы всё ничего, но только то дурно, что нет никого подле этого богатейшего лица, нет человека, который бы шепнул ему на ухо, что «полно, дескать, о таком думать, о себе одном думать, для себя одного жить, ты, дескать, не сапожник, у тебя дети здоровы и жена есть не просит; оглянись кругом, не увидишь ли для забот своих предмета более благородного, чем свои сапоги!» Вот что хотел я сказать вам иносказательно, Варенька. Это, может быть, слишком вольная мысль, родная моя, но эта мысль иногда бывает, иногда приходит и тогда поневоле из сердца горячим словом выбивается. И потому не от чего было в грош себя оценять, испугавшись одного шума и грома! Заключу же тем, маточка, что вы, может быть, подумаете, что я вам клевету говорю, или что это так, хандра на меня нашла, или что я это из книжки какой выписал? Нет, маточка, вы разуверьтесь, — не то: клеветою гнушаюсь, хандра не находила и ни из какой книжки ничего не выписывал, — вот что!

Пришел я в грустном расположении духа домой, присел к столу, нагрел себе чайник, да и приготовился стаканчик-другой чайку хлебнуть. Вдруг, смотрю, входит ко мне Горшков, наш бедный постоялец. Я еще утром заметил, что он всё что-то около жильцов шныряет и ко мне хотел подойти. А мимоходом скажу, маточка, что их житье-бытье не в пример моего хуже. Куда! жена, дети! Так что если бы я был Горшков, так уж я не знаю, что бы я на его месте сделал! Ну, так вот, вошел мой Горшков, кланяется, слезинка у него, как и всегда, на ресницах гноится, шаркает ногами, а сам слова не может сказать. Я его посадил на стул, правда на изломанный, да другого не было. Чайку предложил. Он извинялся, долго извинялся, наконец, однако же, взял стакан. Хотел было без сахару пить, начал опять извиняться, когда я стал уверять его, что нужно взять сахару, долго спорил, отказываясь, наконец положил в свой стакан самый маленький кусочек и стал уверять, что чай необыкновенно сладок. Эк, до уничижения какого доводит людей нищета! «Ну, как же, что, батюшка?» — сказал я ему. «Да вот так и так, дескать, благодетель вы мой, Макар Алексеевич, явите милость господню, окажите помощь семейству несчастному; дети и жена, есть нечего; отцу-то, мне-то, говорит, каково!» Я было хотел говорить, да он меня прервал: «Я, дескать, всех боюсь здесь, Макар Алексеевич, то есть не то что боюсь, а так, знаете, совестно; люди-то они всё гордые и кичливые. Я бы, говорит, вас, батюшка и благодетель мой, и утруждать бы не стал: знаю, что у вас самих неприятности были, знаю, что вы многого и не можете дать, но хоть что-нибудь взаймы одолжите; и потому, говорит, просить вас осмелился, что знаю ваше доброе сердце, знаю, что вы сами нуждались, что сами и теперь бедствия испытываете — и что сердце-то ваше потому и чувствует сострадание». Заключил же он, тем, что, дескать, простите мою дерзость и мое неприличие, Макар Алексеевич. Я отвечаю ему, что рад бы душой, да что нет у меня ничего, ровно нет ничего. «Батюшка, Макар Алексеевич, — говорит он мне, — я многого и не прошу, а вот так и так (тут он весь покраснел), жена, говорит, дети, — голодно — хоть гривенничек какой-нибудь». Ну, тут уж мне самому сердце защемило. Куда, думаю, меня перещеголяли! А всего-то у меня и оставалось двадцать копеек, да я на них рассчитывал: хотел завтра на свои крайние нужды истратить. «Нет, голубчик мой, не могу; вот так и так», — говорю. «Батюшка, Макар Алексеевич, хоть что хотите, говорит, хоть десять копеечек». Ну, я ему и вынул из ящика и отдал свои двадцать копеек, маточка, всё доброе дело! Эк, нищета-то! Разговорился я с ним: да как же вы, батюшка, спрашиваю, так зануждались, да еще при таких нуждах комнату в пять рублей серебром нанимаете? Объяснил он мне, что полгода назад нанял и деньги внес вперед за три месяца; да потом обстоятельства такие сошлись, что ни туда ни сюда ему, бедному. Ждал он, что дело его к этому времени кончится. А дело у него неприятное. Он, видите ли, Варенька, за что-то перед судом в ответе находится. Тягается он с купцом каким-то, который сплутовал подрядом с казною; обман открыли, купца под суд, а он в дело-то свое разбойничье и Горшкова запутал, который тут как-то также случился. А по правде-то Горшков виновен только в нерадении, в неосмотрительности и в непростительном упущении из вида казенного интереса. Уж несколько лет дело идет: всё препятствия разные встречаются против Горшкова. «В бесчестии же, на меня взводимом, — говорит мне Горшков, — неповинен, нисколько неповинен, в плутовстве и грабеже неповинен». Дело это его замарало немного; его исключили из службы, и хотя не нашли, что он капитально виновен, но, до совершенного своего оправдания, он до сих пор не может выправить с купца какой-то знатной суммы денег, ему следуемой и перед судом у него оспариваемой. Я ему верю, да суд-то ему на слово не верит; дело-то оно такое, что всё в крючках да в узлах таких, что во сто лет не распутаешь. Чуть немного распутают, а купец еще крючок да еще крючок. Я принимаю сердечное участие в Горшкове, родная моя, соболезную ему. Человек без должности; за ненадежность никуда не принимается; что было запасу, проели; дело запутано, а между тем жить было нужно; а между тем ни с того ни с сего, совершенно некстати, ребенок родился, — ну, вот издержки; сын заболел — издержки, умер — издержки; жена больна; он нездоров застарелой болезнью какой-то: одним словом, пострадал, вполне пострадал. Впрочем, говорит, что ждет на днях благоприятного решения своего дела и что уж в этом теперь и сомнения нет никакого. Жаль, жаль, очень жаль его, маточка! Я его обласкал. Человек-то он затерянный, запутанный; покровительства ищет, так вот я его и обласкал. Ну, прощайте же, маточка, Христос с вами, будьте здоровы. Голубчик вы мой! Как вспомню об вас, так точно лекарство приложу к больной душе моей, и хоть страдаю за вас, но и страдать за вас мне легко.

Ваш истинный друг

Макар Девушкин.

Сентября 9.

Матушка, Варвара Алексеевна!

Пишу вам вне себя. Я весь взволнован страшным происшествием. Голова моя вертится кругом. Я чувствую, что всё кругом меня вертится. Ах, родная моя, что я расскажу вам теперь! Вот мы и не предчувствовали этого. Нет, я не верю, чтобы я не предчувствовал; я всё это предчувствовал. Всё это заранее слышалось моему сердцу! Я даже намедни во сне что-то видел подобное.

Вот что случилось! Расскажу вам без слога, а так, как мне на душу господь положит. Пошел я сегодня в должность. Пришел, сижу, пишу. А нужно вам знать, маточка, что я и вчера писал тоже. Ну, так вот, вчера подходит ко мне Тимофей Иванович и лично изволит наказывать, что — вот, дескать, бумага нужная, спешная. Перепишите, говорит, Макар Алексеевич, почище, поспешно и тщательно: сегодня к подписанию идет. Заметить вам нужно, ангельчик, что вчерашнего дня я был сам не свой, ни на что и глядеть не хотелось; грусть, тоска такая напала! На сердце холодно, на душе темно; в памяти всё вы были, моя бедная ясочка. Ну, вот я принялся переписывать; переписал чисто, хорошо, только уж не знаю, как вам точнее сказать, сам ли нечистый меня попутал, или тайными судьбами какими определено было, или просто так должно было сделаться, — только пропустил я целую строчку; смысл-то вышел господь его знает какой, просто никакого не вышло. С бумагой-то вчера опоздали и подали ее на подписание его превосходительству только сегодня. Я как ни в чем не бывало являюсь сегодня в обычный; час и располагаюсь рядком с Емельяном Ивановичем Нужно вам заметить, родная, что я с недавнего времени стал вдвое более прежнего совеститься и в стыд приходить. Я в последнее время и не глядел ни на кого. Чуть стул заскрипит у кого-нибудь, так уж я и ни жив ни мертв. Вот точно так сегодня, приник, присмирел, ежом сижу, так что Ефим Акимович (такой задирала, какого и на свете до него не было) сказал во всеуслышание: что, дескать, вы, Макар Алексеевич, сидите таким у-у-у? да тут такую гримасу скорчил, что все, кто около него и меня ни были, так и покатились со смеху, и, уж разумеется, на мой счет. И пошли, и пошли! Я и уши прижал и глаза зажмурил, сижу себе, не пошевелюсь. Таков уж обычай мой; они этак скорей отстают. Вдруг слышу шум, беготня, суетня; слышу — не обманываются ли уши мои? зовут меня, требуют меня, зовут Девушкина. Задрожало у меня сердце в груди, и уж сам не знаю, чего я испугался; только знаю то, что я так испугался, как никогда еще в жизни со мной не было. Я прирос к стулу, — и как ни в чем не бывало, точно и не я. Но вот опять начали, ближе и ближе. Вот уж над самым ухом моим: дескать, Девушкина! Девушкина! где Девушкин? Подымаю глаза: передо мною Евстафий Иванович; говорит: «Макар Алексеевич, к его превосходительству, скорее! Беды вы с бумагой наделали!» Только это одно и сказал, да довольно, не правда ли, маточка, довольно сказано было? Я помертвел, оледенел, чувств лишился, иду — ну, да уж просто ни жив ни мертв отправился. Ведут меня через одну комнату, через другую комнату, через третью комнату, в кабинет — предстал! Положительного отчета, об чем я тогда думал, я вам дать не могу. Вижу, стоят его превосходительство, вокруг него все они. Я, кажется, не поклонился; позабыл. Оторопел так, что и губы трясутся и ноги трясутся. Да и было отчего, маточка. Во-первых, совестно; я взглянул направо в зеркало, так просто было отчего с ума сойти от того, что я там увидел. А во-вторых, я всегда делал так, как будто бы меня и на свете не было. Так что едва ли его превосходительство были известны о существовании моем. Может быть, слышали, так, мельком, что есть у них в ведомстве Девушкин, но в кратчайшие сего сношения никогда не входили.

Начали гневно: «Как же это вы, сударь! Чего вы смотрите? нужная бумага, нужно к спеху, а вы ее портите. И как же вы это», — тут его превосходительство обратились к Евстафию Ивановичу. Я только слышу, как до меня звуки слов долетают: «Нераденье! неосмотрительность! Вводите в неприятности!» Я раскрыл было рот для чего-то. Хотел было прощения просить, да не мог, убежать — покуситься не смел, и тут... тут, маточка, такое случилось, что я и теперь едва перо держу от стыда. Моя пуговка — ну ее к бесу — пуговка, что висела у меня на ниточке, — вдруг сорвалась, отскочила, запрыгала (я, видно, задел ее нечаянно), зазвенела, покатилась и прямо, так-таки прямо, проклятая, к стопам его превосходительства, и это посреди всеобщего молчания! Вот и всё было мое оправдание, всё извинение, весь ответ, всё, что я собирался сказать его превосходительству! Последствия были ужасны! Его превосходительство тотчас обратили внимание на фигуру мою и на мой костюм. Я вспомнил, что я видел в зеркале: я бросился ловить пуговку! Нашла на меня дурь! Нагнулся, хочу взять пуговку, — катается, вертится, не могу поймать, словом, и в отношении ловкости отличился. Тут уж я чувствую, что и последние силы меня оставляют, что уж всё, всё потеряно! Вся репутация потеряна, весь человек пропал! А тут в обоих ушах ни с того ни с сего и Тереза, и Фальдони, и пошло перезванивать. Наконец поймал пуговку, приподнялся, вытянулся, да уж, коли дурак, так стоял бы себе смирно, руки по швам! Так нет же: начал пуговку к оторванным ниткам прилаживать, точно оттого она и пристанет; да еще улыбаюсь, да еще улыбаюсь. Его превосходительство отвернулись сначала, потом опять на меня взглянули — слышу, говорят Евстафию Ивановичу: «Как же?.. посмотрите, в каком он виде!.. как он!.. что он!..» Ах, родная моя, что уж тут — как он? Да что он? отличился! Слышу, Евстафий Иванович говорит: «Не замечен, ни в чем не замечен, поведения примерного, жалованья достаточно, по окладу...» — «Ну, облегчить его как-нибудь, — говорит его превосходительство. — Выдать ему вперед...» — «Да забрал, говорят, забрал, вот за столько-то времени вперед забрал. Обстоятельства, верно, такие, а поведения хорошего и не замечен, никогда не замечен». Я, ангельчик мой, горел, я в адском огне горел! Я умирал! «Ну, — говорят его превосходительство громко, — переписать же вновь поскорее; Девушкин, подойдите сюда, перепишите опять вновь без ошибки; да послушайте...» Тут его превосходительство обернулись к прочим, роздали приказания разные, и все разошлись. Только что разошлись они, его превосходительство поспешно вынимают книжник и из него сторублевую. «Вот, —

говорят они, — чем могу, считайте, как хотите...» — да и всунул мне в руку. Я, ангел мой, вздрогнул, вся душа моя потряслась; не знаю, что было со мною; я было схватить их ручку хотел. А он-то весь покраснел, мой голубчик, да — вот уж тут ни на волосок от правды не отступаю, родная моя: взял мою руку недостойную, да и потряс ее, так-таки взял да потряс, словно ровне своей, словно такому же, как сам, генералу. «Ступайте, говорит, чем могу... Ошибок не делайте, а теперь грех пополам».

Теперь, маточка, вот как я решил: вас и Федору прошу, и если бы дети у меня были, то и им бы повелел, чтобы богу молились, то есть вот как: за родного отца не молились бы, а за его превосходительство каждодневно и вечно бы молились! Еще скажу, маточка, и это торжественно говорю — слушайте меня, маточка, хорошенько — клянусь, что как ни погибал я от скорби душевной в лютые дни нашего злополучия, глядя на вас, на ваши бедствия, и на себя, на унижение мое и мою неспособность, несмотря на всё это, клянусь вам, что не так мне сто рублей дороги, как то, что его превосходительство сами мне, соломе, пьянице, руку мою недостойную пожать изволили! Этим они меня самому себе возвратили. Этим поступком они мой дух воскресили, жизнь мне слаще навеки сделали, и я твердо уверен, что я как ни грешен перед всевышним, но молитва о счастии и благополучии его превосходительства дойдет до престола его!..

Маточка! Я теперь в душевном расстройстве ужасном, в волнении ужасном! Мое сердце бьется, хочет из груди выпрыгнуть. И я сам как-то весь как будто ослаб. Посылаю вам сорок пять рублей ассигнациями, двадцать рублей хозяйке даю, у себя тридцать пять оставляю: на двадцать платье поправлю, а пятнадцать оставлю на житье-бытье. А только теперь все эти впечатления-то утренние потрясли всё существование мое. Я прилягу. Мне, впрочем, покойно, очень покойно. Только душу ломит, и слышно там, в глубине, душа моя дрожит, трепещет, шевелится. Я приду к вам; а теперь я просто хмелен от всех ощущений этих... Бог видит всё, маточка вы моя, голубушка вы моя бесценная!

Ваш достойный друг

Макар Девушкин.

Сентября 10.

Любезный мой Макар Алексеевич!

Я несказанно рада вашему счастию и умею ценить добродетели вашего начальника, друг мой. Итак, теперь вы отдохнете от горя! Но только, ради бога, не тратьте опять денег попусту. Живите тихонько, как можно скромнее, и с этого же дня начинайте всегда хоть что-нибудь откладывать, чтоб несчастия не застали вас опять внезапно. Об нас, ради бога, не беспокойтесь. Мы с Федорой кое-как проживем. К чему вы нам денег столько прислали, Макар Алексеевич? Нам вовсе не нужно. Мы довольны и тем, что у нас есть. Правда, нам скоро понадобятся деньги на переезд с этой квартиры, но Федора надеется получить с кого-то давнишний, старый долг. Оставляю, впрочем, себе двадцать рублей на крайние надобности. Остальные посылаю вам назад. Берегите, пожалуйста, деньги, Макар Алексеевич. Прощайте. Живите теперь покойно, будьте здоровы и веселы. Я писала бы вам более, но чувствую ужасную усталость, вчера я целый день не вставала с постели. Хорошо сделали, что обещались зайти. Навестите меня, пожалуйста, Макар Алексеевич.

В. Д.

Сентября 11.

Милая моя Варвара Алексеевна!

Умоляю вас, родная моя, не разлучайтесь со мною теперь, теперь, когда я совершенно счастлив и всем доволен. Голубчик мой! Вы Федору не слушайте, а я буду всё, что вам угодно, делать; буду вести себя хорошо, из одного уважения к его превосходительству буду вести себя хорошо и отчетливо; мы опять будем писать друг другу счастливые письма, будем поверять друг другу наши мысли, наши радости, наши заботы, если будут заботы; будем жить вдвоем; согласно и счастливо. Займемся литературою... Ангельчик мой! В моей судьбе всё переменилось, и всё к лучшему переменилось. Хозяйка стала сговорчивее, Тереза умнее, даже сам Фальдони стал какой-то проворный. С Ратазяевым я помирился. Сам, на радостях, пошел к нему. Он, право, добрый малый, маточка, и что про него говорили дурного, то всё это был вздор. Я открыл теперь, что всё это была гнусная клевета. Он вовсе и не думал нас описывать: он мне это сам говорил. Читал мне новое сочинение. А что тогда Ловеласом-то он меня назвал: так это всё не брань или название какое неприличное: он мне объяснил. Это слово в слово с иностранного взято и значит проворный малый, и если покрасивее сказать, политературнее, так значит парень — плохо не клади — вот! а не что-нибудь там такое. Шутка невинная была, ангельчик мой. Я-то, неуч, сдуру и обиделся. Да уж я теперь перед ним извинился... И погода-то такая замечательная сегодня, Варенька, хорошая такая. Правда, утром была небольшая изморось, как будто сквозь сито сеяло. Ничего! Зато воздух стал посвежее немножко. Ходил я покупать сапоги и купил удивительные сапоги. Прошелся по Невскому. «Пчелку» прочел. Да! про главное я и забываю вам рассказать.

Я всё до сих пор не могу как-то опомниться, маточка. Все эти происшествия так смутили меня! Есть ли у вас дрова? Не простудитесь, Варенька; долго ли простудиться. Ох, маточка моя, вы с вашими грустными мыслями меня убиваете. Я уж бога молю, как молю его за вас, маточка! Например, есть ли у вас шерстяные чулочки, или так, из одежды что-нибудь, потеплее. Смотрите, голубчик мой. Если вам что-нибудь там нужно будет, так уж вы, ради создателя, старика не обижайте. Так-таки прямо и ступайте ко мне. Теперь дурные времена прошли. Насчет меня вы не беспокойтесь. Впереди всё так светло, хорошо!

А грустное было время, Варенька! Ну да уж всё равно, прошло! Года пройдут, так и про это время вздохнем. Помню я свои молодые годы. Куда! Копейки иной раз не бывало. Холодно, голодно, а весело, да и только. Утром пройдешься по Невскому, личико встретишь хорошенькое, и на целый день счастлив. Славное, славное было время, маточка! Хорошо жить на свете, Варенька! Особенно в Петербурге. Я со слезами на глазах вчера каялся перед господом богом, чтобы простил мне господь все грехи мои в это грустное время: ропот, либеральные мысли, дебош и азарт. Об вас вспоминал с умилением в молитве. Вы одни, ангельчик, укрепляли меня, вы одни утешали меня, напутствовали советами благими и наставлениями. Я этого, маточка, никогда забыть не могу. Ваши записочки все перецеловал сегодня, голубчик мой! Ну, прощайте, маточка. Говорят, есть где-то здесь недалеко платье продажное. Так вот я немножко наведаюсь. Прощайте же, ангельчик. Прощайте.

Вам душевно преданный

Макар Девушкин.

Сентября 15.

Милостивый государь, Макар Алексеевич!

Я вся в ужасном волнении. Послушайте-ка, что у нас было. Я что-то роковое предчувствую. Вот посудите сами, мой бесценный друг: господин Быков в Петербурге.

Федора его встретила. Он ехал, приказал остановить дрожки, подошел сам к Федоре и стал наведываться, где она живет. Та сначала не сказывала. Потом он сказал, усмехаясь, что он знает, кто у ней живет. (Видно, Анна Федоровна всё ему рассказала.) Тогда Федора не вытерпела и тут же на улице стала его упрекать, укорять, сказала ему, что он человек безнравственный, что он причина всех несчастий моих. Он отвечал, что когда гроша нет, так, разумеется, человек несчастлив. Федора сказала ему, что я бы сумела прожить работою, могла бы выйти замуж, а не то так сыскать место какое-нибудь, а что теперь счастие мое навсегда потеряно, что я к тому же больна и скоро умру. На это он заметил, что я еще слишком молода, что у меня еще в голове бродит и что и наши добродетели потускнели (его слова). Мы с Федорой думали, что он не знает нашей квартиры, как вдруг вчера, только что я вышла для закупок в Гостиный двор, он входит к нам в комнату; ему, кажется, не хотелось застать меня дома. Он долго расспрашивал Федору о нашем житье-бытье; всё рассматривал у нас; мою работу смотрел, наконец спросил: «Какой же это чиновник, который с вами знаком?» На ту пору вы чрез двор проходили; Федора ему указала на вас; он взглянул и усмехнулся; Федора упрашивала его уйти, сказала ему, что я и так уже нездорова от огорчений и что видеть его у нас мне будет весьма неприятно. Он промолчал; сказал, что он так приходил, от нечего делать, и хотел дать Федоре двадцать пять рублей; та, разумеется, не взяла. Что бы это значило? Зачем это он приходил к нам? Я понять не могу, откуда он всё про нас знает! Я теряюсь в догадках. Федора говорит, что

Аксинья, ее золовка, которая ходит к нам, знакома с прачкой Настасьей, а Настасьин двоюродный брат сторожем в том департаменте, где служит знакомый племянника Анны Федоровны, так вот не переползла ли как-нибудь сплетня? Впрочем, очень может быть, что Федора и ошибается; мы не знаем, что придумать. Неужели он к нам опять придет! Одна мысль эта ужасает меня! Когда Федора рассказала всё это вчера, так я так испугалась, что чуть было в обморок не упала от страха. Чего еще им надобно? Я теперь их знать не хочу! Что им за дело до меня, бедной! Ах! в каком я страхе теперь; так вот и думаю, что войдет сию минуту Быков. Что со мною будет! Что еще мне готовит судьба? Ради Христа, зайдите ко мне теперь же, Макар Алексеевич. Зайдите, ради бога, зайдите.

В. Д.

Сентября 18.

Маточка, Варвара Алексеевна!

Сего числа случилось у нас в квартире донельзя горестное, ничем не объяснимое и неожиданное событие. Наш бедный Горшков (заметить вам нужно, маточка) совершенно оправдался. Решение-то уж давно как вышло, а сегодня он ходил слушать окончательную резолюцию. Дело для него весьма счастливо кончилось. Какая там была вина на нем за нерадение и неосмотрительность — на всё вышло полное отпущение. Присудили выправить в его пользу с купца знатную сумму денег, так что он и обстоятельствами-то сильно поправился, да и честь-то его от пятна избавилась, и всё стало лучше, — одним словом, вышло самое полное исполнение желания. Пришел он сегодня в три часа домой. На нем лица не было, бледный как полотно, губы у него трясутся, а сам улыбается — обнял жену, детей. Мы все гурьбою ходили к нему поздравлять его. Он был весьма растроган нашим поступком, кланялся на все стороны, жал у каждого из нас руку по нескольку раз. Мне даже показалось, что он и вырос-то, и выпрямился-то, и что у него и слезинки-то нет уже в глазах. В волнении был таком, бедный. Двух минут на месте не мог простоять; брал в руки всё, что ему ни попадалось, потом опять бросал, беспрестанно улыбался и кланялся, садился, вставал, опять садился, говорил бог знает что такое — говорит: «Честь моя, честь, доброе имя, дети мои», — и как говорил-то! даже заплакал. Мы тоже большею частью прослезились. Ратазяев, видно, хотел его ободрить и сказал: «Что, батюшка, честь, когда нечего есть; деньги, батюшка, деньги главное; вот за что бога благодарите!» — и тут же его по плечу потрепал. Мне показалось, что Горшков обиделся, то есть не то чтобы прямо неудовольствие высказал, а только посмотрел как-то странно на Ратазяева да руку его с плеча своего снял. А прежде бы этого не было, маточка! Впрочем, различные бывают характеры. Вот я, например, на таких радостях гордецом бы не высказался; ведь чего, родная моя, иногда и поклон лишний и унижение изъявляешь не от чего иного, как от припадка доброты душевной и от излишней мягкости сердца… но, впрочем, не во мне тут и дело! «Да, говорит, и деньги хорошо; слава богу, слава богу!» — и потом всё время, как мы у него были, твердил: «Слава богу, слава богу!..» Жена его заказала обед поделикатнее и пообильнее. Хозяйка наша сама для них стряпала. Хозяйка наша отчасти добрая женщина. А до обеда Горшков на месте не мог усидеть. Заходил ко всем в комнаты, звали ль, не звали его. Так себе войдет, улыбнется, присядет на стул, скажет что-нибудь, а иногда и ничего не скажет — и уйдет. У мичмана даже карты в руки взял; его и усадили играть за четвертого. Он поиграл, поиграл, напутал в игре какого-то вздора, сделал три-четыре хода и бросил играть. «Нет, говорит, ведь я так, я, говорит, это только так», — и ушел от них. Меня встретил в коридоре, взял меня за обе руки, посмотрел мне прямо в глаза, только так чудно; пожал мне руку и отошел, и всё улыбаясь, но как-то тяжело, странно улыбаясь, словно мертвый. Жена его плакала от радости; весело так всё у них было, по-праздничному. Пообедали они скоро. Вот после обеда он и говорит жене: «Послушайте, душенька, вот я немного прилягу», — да и пошел на постель. Подозвал к себе дочку, положил ей на головку руку и долго, долго гладил по головке ребенка. Потом опять оборотился к жене: «А что ж Петенька? Петя наш, говорит, Петенька?..» Жена перекрестилась, да и отвечает, что ведь он же умер. «Да, да, знаю, всё знаю, Петенька теперь в царстве небесном». Жена видит, что он сам не свой, что происшествие-то его потрясло совершенно, и говорит ему: «Вы бы, душенька, заснули». — «Да, хорошо, я сейчас... я немножко», — тут он отвернулся, полежал немного, потом оборотился, хотел сказать что-то. Жена не расслышала, спросила его: «Что, мой друг?» А он не отвечает. Она подождала немножко — ну, думает, уснул, и вышла на часок к хозяйке. Через час времени воротилась — видит, муж еще не проснулся и лежит себе, не шелохнется. Она думала, что спит, села и стала работать что-то. Она рассказывает, что она работала с полчаса и так погрузилась в размышление, что даже не помнит, о чем она думала, говорит только, что она позабыла об муже. Только вдруг она очнулась от какого-то тревожного ощущения, и гробовая тишина в комнате поразила ее прежде всего. Она посмотрела на кровать и видит, что муж лежит всё в одном положении. Она подошла к нему, сдернула одеяло, смотрит — а уж он холодехонек — умер, маточка, умер Горшков, внезапно умер, словно его громом убило! А отчего умер — бог его знает. Меня это так сразило, Варенька, что я до сих пор опомниться не могу. Не верится что-то, чтобы так просто мог умереть человек. Этакой бедняга, горемыка этот Горшков! Ах, судьба-то, судьба какая! Жена в слезах, такая испуганная. Девочка куда-то в угол забилась. У них там суматоха такая идет; следствие медицинское будут делать... уж не могу вам наверно сказать. Только жалко, ох как жалко! Грустно подумать, что этак в самом деле ни дня, ни часа не ведаешь... Погибаешь этак ни за что...

Ваш

Макар Девушкин.

Сентября 19.

Милостивая государыня, Варвара Алексеевна!

Спешу вас уведомить, друг мой, что Ратазяев нашел мне работу у одного сочинителя. Приезжал какой-то к нему, привез к нему такую толстую рукопись — слава богу, много работы. Только уж так неразборчиво писано, что не знаю, как и за дело приняться; требуют поскорее. Что-то всё об таком писано, что как будто и не понимаешь... По сорок копеек с листа уговорились. Я к тому всё это пишу вам, родная моя, что будут теперь посторонние деньги. Ну, а теперь прощайте, маточка. Я уж прямо и за работу.

Ваш верный друг

Макар Девушкин.

Сентября 23.

Дорогой друг мой, Макар Алексеевич!

Я вам уже третий день, мой друг, ничего не писала, а у меня было много, много забот, много тревоги.

Третьего дня был у меня Быков. Я была одна, Федора куда-то ходила. Я отворила ему и так испугалась, когда его увидела, что не могла тронуться с места. Я чувствовала, что я побледнела. Он вошел по своему обыкновению с громким смехом, взял стул и сел. Я долго не могла опомниться, наконец села в угол за работу. Он скоро перестал смеяться. Кажется, мой вид поразил его. Я так похудела в последнее время; щеки и глаза мои ввалились, я была бледна, как платок... действительно, меня трудно узнать тому, кто знал меня год тому назад. Он долго и пристально смотрел на меня, наконец опять развеселился. Сказал что-то такое; я не помню, что отвечала ему, и он опять засмеялся. Он сидел у меня целый час; долго говорил со мной; кой о чем расспрашивал. Наконец, перед прощанием, он взял меня за руку и сказал (я вам пишу от слова и до слова): «Варвара Алексеевна! Между нами сказать, Анна Федоровна, ваша родственница, а моя короткая знакомая и приятельница, преподлая женщина». (Тут он еще назвал ее одним неприличным словом.) «Совратила она и двоюродную вашу сестрицу с пути, и вас погубила. С моей стороны и я в этом случае подлецом оказался, да ведь что, дело житейское». Тут он захохотал что есть мочи. Потом заметил, что он красно говорить не мастер, и что главное, что объяснить было нужно и об чем обязанности благородства повелевали ему не умалчивать, уж он объявил, и что в коротких словах приступает к остальному. Тут он объявил мне, что ищет руки моей, что долгом своим почитает возвратить мне честь, что он богат, что он увезет меня после свадьбы в свою степную деревню, что он хочет там зайцев травить; что он более в Петербург никогда не приедет, потому что в Петербурге гадко, что у него есть здесь в Петербурге, как он сам выразился, негодный племянник, которого он присягнул лишить наследства, и собственно для этого случая, то есть желая иметь законных наследников, ищет руки моей, что это главная причина его сватовства. Потом он заметил, что я весьма бедно живу, что не диво, если я больна, проживая в такой лачуге, предрек мне неминуемую смерть, если я хоть месяц еще так останусь, сказал, что в Петербурге квартиры гадкие и, наконец, что не надо ли мне чего?

Я так была поражена его предложением, что, сама не знаю отчего, заплакала. Он принял мои слезы за благодарность и сказал мне, что он всегда был уверен, что я добрая, чувствительная и ученая девица, но что он не прежде, впрочем, решился на сию меру, как разузнав со всею подробностию о моем теперешнем поведении. Тут он расспрашивал о вас, сказал, что про всё слышал, что вы благородных правил человек, что он с своей стороны не хочет быть у вас в долгу и что довольно ли вам будет пятьсот рублей за всё, что вы для меня сделали? Когда же я ему объяснила, что вы для меня то сделали, чего никакими деньгами не заплатишь, то он сказал мне, что всё вздор, что всё это романы, что я еще молода и стихи читаю, что романы губят молодых девушек, что книги только нравственность портят и что он терпеть не может никаких книг; советовал прожить его годы и тогда об людях говорить; «тогда, — прибавил он, — и людей узнаете». Потом он сказал, чтобы я поразмыслила хорошенько об его предложениях, что ему весьма будет неприятно, если я такой важный шаг сделаю необдуманно, прибавил, что необдуманность и увлечение губят юность неопытную, но что он чрезвычайно желает с моей стороны благоприятного ответа, что, наконец, в противном случае, он принужден будет жениться в Москве на купчихе, потому что, говорит он, я присягнул негодяя племянника лишить наследства. Он оставил насильно у меня на пяльцах пятьсот рублей, как он сказал, на конфеты; сказал, что в деревне я растолстею, как лепешка, что буду у него как сыр в масле кататься, что у него теперь ужасно много хлопот, что он целый день по делам протаскался и что теперь между делом забежал ко мне. Тут он ушел. Я долго думала, я много передумала, я мучилась, думая, друг мой, наконец я решилась. Друг мой, я выйду за него, я должна согласиться на его предложение. Если кто может избавить меня от моего позора, возвратить мне честное имя, отвратить от меня бедность, лишения и несчастия в будущем, так это единственно он. Чего же мне ожидать от грядущего, чего еще спрашивать у судьбы? Федора говорит, что своего счастия терять не нужно; говорит — что же в таком случае и называется счастием? Я по крайней мере не нахожу другого пути для себя, бесценный друг мой. Что мне делать? Работою я и так всё здоровье испортила; работать постоянно я не могу. В люди идти? — я с тоски исчахну, к тому же я никому не угожу. Я хворая от природы и потому всегда буду бременем на чужих руках. Конечно, я и теперь не в рай иду, но что же мне делать, друг мой, что же мне делать? Из чего выбирать мне?

Я не просила у вас советов. Я хотела обдумать одна. Решение, которые вы прочли сейчас, неизменно, и я немедленно объявляю его Быкову, который и без того торопит меня окончательным решением. Он сказал, что у него дела не ждут, что ему нужно ехать и что не откладывать же их из-за пустяков. Знает бог, буду ли я счастлива, в его святой, неисповедимой власти судьбы мои, но я решилась. Говорят, что Быков человек добрый; он будет уважать меня; может быть, и я также буду уважать его. Чего же ждать более от нашего брака?

Уведомляю вас обо всем, Макар Алексеевич. Я уверена, вы поймете всю тоску мою. Не отвлекайте меня от моего намерения. Усилия ваши будут тщетны. Взвесьте в своем собственном сердце всё, что принудило меня так поступить. Я очень тревожилась сначала, но теперь я спокойнее. Что впереди, я не знаю. Что будет, то будет; как бог пошлет!..

Пришел Быков; я бросаю письмо неоконченным. Много еще хотела сказать вам. Быков уж здесь!

В. Д.

Сентября 23.

Маточка, Варвара Алексеевна!

Я, маточка, спешу вам отвечать; я, маточка, спешу вам объявить, что я изумлен. Всё это как-то не того... Вчера мы похоронили Горшкова. Да, это так, Варенька, это так; Быков поступил благородно; только вот, видите ли, родная моя, так вы и соглашаетесь. Конечно, во всем воля божия; это так, это непременно должно быть так, то есть тут воля-то божия непременно должна быть; и промысл творца небесного, конечно, и благ и неисповедим, и судьбы тоже, и они то же самое. Федора тоже в вас участие принимает. Конечно, вы счастливы теперь будете, маточка, в довольстве будете, моя голубочка, ясочка моя, ненаглядная вы моя, ангельчик мой, — только вот, видите ли, Варенька, как же это так скоро?.. Да, дела... у господина Быкова есть дела — конечно, у кого нет дел, и у него тоже они могут случиться... видел я его, как он от вас выходил. Видный, видный мужчина; даже уж и очень видный мужчина. Только всё это как-то не так, дело-то не в том именно, что он видный мужчина, да и я-то теперь как-то сам не свой. Только вот как же мы будем теперь письма-то друг к другу писать? Я-то, я-то как же один останусь? Я, ангельчик мой, всё взвешиваю, всё взвешиваю, как вы писали-то мне там, в сердце-то моем всё это взвешиваю, причины-то эти. Я уже двадцатый лист оканчивал переписывать, а между тем эти происшествия-то нашли! Маточка, ведь вот вы едете, так и закупки-то вам различные сделать нужно, башмачки разные, платьице, а вот у меня, кстати, и магазин есть знакомый в Гороховой; помните, как я вам еще его всё описывал. Да нет же! Как же вы, маточка, что вы! ведь вам нельзя теперь ехать, совершенно невозможно, никак невозможно. Ведь вам нужно покупки большие делать, да и экипаж заводить. К тому же и погода теперь дурная; вы посмотрите-ка, дождь как из ведра льет, и такой мокрый дождь, да еще... еще то, что вам холодно будет, мой ангельчик; сердечку-то вашему будет холодно! Ведь вот вы боитесь чужого человека, а едете. А я-то на кого здесь один останусь? Да вот Федора говорит, что вас счастие ожидает большое... да ведь она баба буйная и меня погубить желает. Пойдете ли вы ко всенощной сегодня, маточка? Я бы вас пошел посмотреть. Оно, правда, маточка, совершенная правда, что вы девица ученая, добродетельная и чувствительная, только пусть уж он лучше женится на купчихе! Как вы думаете, маточка? пусть уж лучше на купчихе-то женится! Я к вам, Варенька вы моя, как смеркнется, так и забегу на часок. Нынче ведь рано смеркается, так я и забегу. Я, маточка, к вам непременно на часочек приду сегодня. Вот вы теперь ждете Быкова, а как он уйдет, так тогда... Вот подождите, маточка, я забегу...

Макар Девушкин.

Сентября 27.

Друг мой, Макар Алексеевич!

Господин Быков сказал, что у меня непременно должно быть на три дюжины рубашек голландского полотна. Так нужно как можно скорее приискать белошвеек для двух дюжин, а времени у нас очень мало. Господин Быков сердится, говорит, что с этими тряпками ужасно много возни. Свадьба наша через пять дней, а на другой день после свадьбы мы едем. Господин Быков торопится, говорит, что на вздор много времени не нужно терять. Я измучилась от хлопот и чуть на ногах стою. Дела страшная куча, а, право, лучше, если б этого ничего не было. Да еще: у нас недостает блонд и кружева, так вот нужно бы прикупить, потому что господин Быков говорит, что он не хочет, чтобы жена его как кухарка ходила, и что я непременно должна «утереть нос всем помещицам». Так он сам говорит. Так вот, Макар Алексеевич, адресуйтесь, пожалуйста, к мадам Шифон в Гороховую и попросите, во-первых, прислать к нам белошвеек, а во-вторых, чтоб и сама потрудилась заехать. Я сегодня больна. На новой квартире у нас так холодно и беспорядки ужасные. Тетушка господина Быкова чуть-чуть дышит от старости. Я боюсь, чтобы не умерла до нашего отъезда, но господин Быков говорит, что ничего, очнется. В доме у нас беспорядки ужасные. Господин Быков с нами не живет, так люди все разбегаются, бог знает куда. Случается, что одна Федора нам прислуживает: а камердинер господина Быкова, который смотрит за всем, уже третий день неизвестно где пропадает. Господин Быков заезжает каждое утро, всё сердится и вчера побил приказчика дома, за что имел неприятности с полицией... Не с кем было к вам и письма-то послать. Пишу по городской почте. Да! Чуть было не забыла самого важного. Скажите мадам Шифон, чтобы блонды она непременно переменила, сообразуясь со вчерашним образчиком, и чтобы сама заехала ко мне показать новый выбор. Да скажите еще, что я раздумала насчет канзу; что его нужно вышивать крошью. Да еще: буквы для вензелей на платках вышивать тамбуром; слышите ли? тамбуром, а не гладью. Смотрите же не забудьте, что тамбуром! Вот еще чуть было не забыла! Передайте ей, ради бога, чтобы листики на пелерине шить возвышенно, усики и шины кордонне, а потом обшить воротник кружевом или широкой фальбалой. Пожалуйста, передайте, Макар Алексеевич.

Ваша

В. Д.

P. S. Мне так совестно, что я всё вас мучаю моими комиссиями. Вот и третьего дня целое утро бегали. Но что делать! У нас в доме нет никакого порядка, а я сама нездорова. Так не досадуйте на меня, Макар Алексеевич. Такая тоска! Ах, что это будет, друг мой, милый мой, добрый мой Макар Алексеевич! Я и заглянуть боюсь в мое будущее. Я всё что-то предчувствую и точно в чаду в каком-то живу.

P. S. Ради бога, мой друг, не позабудьте чего-нибудь из того, что я вам теперь говорила. Я всё боюсь, чтобы вы как-нибудь не ошиблись. Помните же, тамбуром, а не гладью.

В. Д.

Сентября 27.

Милостивая государыня, Варвара Алексеевна!

Комиссии ваши все исполнил рачительно. Мадам Шифон говорит, что она уже сама думала обшивать тамбуром; что это приличнее, что ли, уж не знаю, в толк не взял хорошенько. Да еще, вы там фальбалу написали, так она и про фальбалу говорила. Только я, маточка, и позабыл, что она мне про фальбалу говорила. Только помню, очень много говорила; такая скверная баба! Что бишь такое? Да вот она вам сама всё расскажет. Я, маточка моя, совсем замотался. Сегодня я и в должность не ходил. Только вы-то, родная моя, напрасно отчаиваетесь. Для вашего спокойствия я готов все магазины обегать. Вы пишете, что в будущее заглянуть боитесь. Да ведь сегодня в седьмом часу всё узнаете. Мадам Шифон сама к вам приедет. Так вы и не отчаивайтесь; надейтесь, маточка; авось и все-то устроится к лучшему — вот. Так того-то, я всё фаль-балу-то проклятую, — эх, мне эта фальбала, фальбала! Я бы к вам забежал, ангельчик, забежал бы, непременно бы забежал; я уж и так к воротам вашего дома раза два подходил. Да всё Быков, то есть, я хочу сказать, что господин Быков всё сердитый такой, так вот оно и не того... Ну, да уж что!

Макар Девушкин.

Сентября 28.

Милостивый государь, Макар Алексеевич!

Ради бога, бегите сейчас к брильянтщику. Скажите ему, что серьги с жемчугом и изумрудами делать не нужно. Господин Быков говорит, что слишком богато, что это кусается. Он сердится; говорит, что ему и так в карман стало и что мы его грабим, а вчера сказал, что если бы вперед знал да ведал про такие расходы, так и не связывался бы. Говорит, что только нас повенчают, так сейчас и уедем, что гостей не будет и чтобы я вертеться и плясать не надеялась, что еще далеко до праздников. Вот он как говорит! А бог видит, нужно ли мне всё это! Сам же господин Быков всё заказывал. Я и отвечать ему ничего не смею: он горячий такой. Что со мной будет!

В. Д.

Сентября 28.

Голубчик мой, Варвара Алексеевна!

Я — то есть брильянтщик говорит — хорошо; а я про себя хотел сначала сказать, что я заболел и встать не могу с постели. Вот теперь, как время пришло хлопотливое, нужное, так и простуды напали, враг их возьми! Тоже уведомляю вас, что к довершению несчастий моих и его превосходительство изволили быть строгими, и на Емельяна Ивановича много сердились и кричали, и под конец совсем измучились, бедненькие. Вот я вас и уведомляю обо всем. Да еще хотел вам написать что-нибудь, только вас утруждать боюсь. Ведь я, маточка, человек глупый, простой, пишу себе что ни попало, так может быть, вы там чего-нибудь и такого — ну, да уж что!

Ваш

Макар Девушкин.

Сентября 29.

Варвара Алексеевна, родная моя!

Я сегодня Федору видел, голубчик мой. Она говорит, что вас уже завтра венчают, а послезавтра вы едете и что господин Быков уже лошадей нанимает. Насчет его превосходительства я уже уведомлял вас, маточка. Да еще:

счеты из магазина я в Гороховой проверил; всё верно, да только очень дорого. Только за что же господин-то Быков на вас сердится? Ну, будьте счастливы, маточка! Я рад; да, я буду рад, если вы будете счастливы. Я бы пришел в церковь, маточка, да не могу, болит поясница. Так вот я всё насчет писем: ведь вот кто же теперь их передавать-то нам будет, маточка? Да! Вы Федору-то облагодетельствовали, родная моя! Это доброе дело вы сделали, друг мой; это вы очень хорошо сделали. Доброе дело! А за каждое доброе дело вас господь благословлять будет. Добрые дела не остаются без награды, и добродетель всегда будет увенчана венцом справедливости божией, рано ли, поздно ли. Маточка! Я бы вам много хотел написать, так, каждый час, каждую минуту всё бы писал, всё бы писал! У меня еще ваша книжка осталась одна, «Белкина повести», так вы ее, знаете, маточка, не берите ее у меня, подарите ее мне, мой голубчик. Это не потому, что уж мне так ее читать хочется. Но сами вы знаете, маточка, подходит зима; вечера будут длинные; грустно будет, так вот бы и почитать. Я, маточка, перееду с моей квартиры на вашу старую и буду нанимать у Федоры. Я с этой честной женщиной теперь ни за что не расстанусь; к тому же она такая работящая. Я вашу квартиру опустевшую вчера подробно осматривал. Там, как были ваши пялечки, а на них шитье, так они и остались нетронутые: в углу стоят. Я ваше шитье рассматривал. Остались еще тут лоскуточки разные. На одно письмецо мое вы ниточки начали было наматывать. В столике нашел бумажки листочек, а на бумажке написано: «Милостивый государь, Макар Алексеевич, спешу» — и только. Видно, вас кто-нибудь прервал на самом интересном месте. В углу за ширмочками ваша кроватка стоит... Голубчик вы мой!!! Ну, прощайте, прощайте; ради бога, отвечайте мне что-нибудь на это письмецо поскорее.

Макар Девушкин.

Сентября 30.

Бесценный друг мой, Макар Алексеевич!

Всё совершилось! Выпал мой жребий; не знаю какой, но я воле господа покорна. Завтра мы едем. Прощаюсь с вами в последний раз, бесценный мой, друг мой, благодетель мой, родной мой! Не горюйте обо мне, живите счастливо, помните обо мне, и да снизойдет на вас благословение божие! Я буду вспоминать вас часто в мыслях моих, в молитвах моих. Вот и кончилось это время! Я мало отрадного унесу в новую жизнь из воспоминаний прошедшего; тем драгоценнее будет воспоминание об вас, тем драгоценнее будете вы моему сердцу. Вы единственный друг мой; вы только одни здесь любили меня. Ведь я всё видела, я ведь знала, как вы любили меня! Улыбкой одной моей вы счастливы были, одной строчкой письма моего. Вам нужно будет теперь отвыкать от меня! Как вы одни здесь останетесь! На кого вы здесь останетесь, добрый, бесценный, единственный друг мой! Оставляю вам книжку, пяльцы, начатое письмо; когда будете смотреть на эти начатые строчки, то мыслями читайте дальше всё, что бы хотелось вам услышать или прочесть от меня, всё, что я ни написала бы вам; а чего бы я ни написала теперь! Вспоминайте о бедной вашей Вареньке, которая вас так крепко любила. Все ваши письма остались в комоде у Федоры, в верхнем ящике. Вы пишете, что вы больны, а господин Быков меня сегодня никуда не пускает. Я буду вам писать, друг мой, я обещаюсь, но ведь один бог знает, что может случиться. Итак, простимся теперь навсегда, друг мой, голубчик мой, родной мой, навсегда!.. Ох, как бы я теперь обняла вас! Прощайте, мой друг, прощайте, прощайте. Живите счастливо; будьте здоровы. Моя молитва будет вечно об вас. О! Как мне грустно, как давит всю мою душу. Господин Быков зовет меня. Вас вечно любящая

В.

P. S. Моя душа так полна, так полна теперь слезами…

Слезы теснят меня, рвут меня. Прощайте.

Боже! как грустно!

Помните, помните вашу бедную Вареньку!

Сентября 30.

Маточка, Варенька, голубчик мой, бесценная моя! Вас увозят, вы едете! Да теперь лучше бы сердце они из груди моей вырвали, чем вас у меня! Как же вы это! Вот вы плачете, и вы едете?! Вот я от вас письмецо сейчас получил, всё слезами закапанное. Стало быть, вам не хочется ехать; стало быть, вас насильно увозят, стало быть, вам жаль меня, стало быть, вы меня любите! Да как же, с кем же вы теперь будете? Там вашему сердечку будет грустно, тошно и холодно. Тоска его высосет, грусть его пополам разорвет. Вы там умрете, вас там в сыру землю положат; об вас и поплакать будет некому там! Господин Быков будет всё зайцев травить... Ах, маточка, маточка! на что же вы это решились, как же вы на такую меру решиться могли? Что вы сделали, что вы сделали, что вы над собой сделали! Ведь вас там в гроб сведут; они заморят вас там, ангельчик. Ведь вы, маточка, как перышко слабенькие! И я-то где был? Чего я тут, дурак, глазел! Вижу, дитя блажит, у дитяти просто головка болит! Чем бы тут попросту — так нет же, дурак дураком, и не думаю ничего, и не вижу ничего, как будто и прав, как будто и дело до меня не касается; и еще за фальбалой бегал!.. Нет, я, Варенька, встану; я к завтрашнему дню, может быть, выздоровлю, так вот я и встану!.. Я, маточка, под колеса брошусь; я вас не пущу уезжать! Да нет, что же это в самом деле такое? По какому праву всё это делается? Я с вами уеду; я за каретой вашей побегу, если меня не возьмете, и буду бежать что есть мочи, покамест дух из меня выйдет. Да вы знаете ли только, что там такое, куда вы едете-то, маточка? Вы, может быть, этого не знаете, так меня спросите! Там степь, родная моя, там степь, голая степь; вот как моя ладонь голая! Там ходит баба бесчувственная да мужик необразованный, пьяница ходит. Там теперь листья с дерев осыпались, там дожди, там холодно, — а вы туда едете! Ну, господину Быкову там есть занятие: он там будет с зайцами; а вы что? Вы помещицей хотите быть, маточка? Но, херувимчик вы мой! Вы поглядите-ка на себя, похожи ли вы на помещицу?.. Да как же может быть такое, Варенька! К кому же я письма буду писать, маточка? Да! вот вы возьмите-ка в соображение, маточка, — дескать, к кому же он письма будет писать? Кого же я маточкой называть буду; именем-то любезным таким кого называть буду? Где мне вас найти потом, ангельчик мой? Я умру, Варенька, непременно умру; не перенесет мое сердце такого несчастия! Я вас, как свет господень, любил, как дочку родную любил, я всё в вас любил, маточка, родная моя! и сам для вас только и жил одних! Я и работал, и бумаги писал, и ходил, и гулял, и наблюдения мои бумаге передавал в виде дружеских писем, всё оттого, что вы, маточка, здесь, напротив, поблизости жили. Вы, может быть, этого и не знали, а это всё было именно так! Да, послушайте, маточка, вы рассудите, голубчик мой миленький, как же это может быть, чтобы вы от нас уехали? Родная моя, ведь вам ехать нельзя, невозможно; просто решительно никакой возможности нет! Ведь вот дождь идет, а вы слабенькие, вы простудитесь. Ваша карета промокнет; она непременно промокнет. Она, только что вы за заставу выедете, и сломается; нарочно сломается. Ведь здесь в Петербурге прескверно кареты делают! Я и каретников этих всех знаю; они только чтоб фасончик, игрушечку там какую-нибудь смастерить, а непрочно! присягну, что непрочно делают! Я, маточка, на колени перед господином Быковым брошусь; я ему докажу, всё докажу! И вы, маточка, докажите; резоном докажите ему! Скажите, что вы остаетесь и что вы не можете ехать!.. Ах, зачем это он в Москве на купчихе не женился? Уж пусть бы он там на ней-то женился! Ему купчиха лучше, ему она гораздо лучше бы шла; уж это я знаю почему! А я бы вас здесь у себя держал. Да что он вам-то, маточка, Быков-то? Чем он для вас вдруг мил сделался? Вы, может быть, оттого, что он нам фальбалу-то всё закупает, вы, может быть, от этого! Да ведь что же фальбала? зачем фальбала? Ведь она, маточка, вздор! Тут речь идет о жизни человеческой, а ведь она, маточка, тряпка — фальбала; она, маточка, фальбала-то — тряпица. Да я вот вам сам, вот только что жалованье получу, фальбалы накуплю; я вам ее накуплю, маточка; у меня там вот и магазинчик знакомый есть; вот только жалованья дайте дождаться мне, херувимчик мой, Варенька! Ах, господи, господи! Так вы это непременно в степь с господином Быковым уезжаете, безвозвратно уезжаете! Ах, маточка!.. Нет, вы мне еще напишите, еще мне письмецо напишите обо всем, и когда уедете, так и оттуда письмо напишите. А то ведь, ангел небесный мой, это будет последнее письмо; а ведь никак не может так быть, чтобы письмо это было последнее. Ведь вот как же, так вдруг, именно, непременно последнее! Да нет же, я буду писать, да и вы-то пишите... А то у меня и слог теперь формируется... Ах, родная моя, что слог! Ведь вот я теперь и не знаю, что это я пишу, никак не знаю, ничего не знаю, и не перечитываю, и слогу не выправляю, а пишу только бы писать, только бы вам написать побольше... Голубчик мой, родная моя, маточка вы моя!